U0064814

碰！麻將桌旁坐看百年中國

中英對照版本

郝洛吉、錢德純／著
Edgar Du／譯

目錄

三萬

第一章

台北日常的一天

「強哥，今天我可能會死翹翹喔！」

「媽，不會的。我非常肯定，這不會是您最後一天打麻將。」

當然，雷珺的女婿強哥是對的，她不可能今天就死了。雷珺已經快一百零三歲了，她熬過了外敵入侵、內戰、兩任丈夫，還生了五個孩子。她眼睛看著鏡中的自己，右手塗口紅，左手把頭髮攏直，邊談著死亡的事，只是為了讓自己顯得強悍，才能對付麻將桌上那三位厲害的對手，她們至少都小她十歲呢！

「強哥，你知道嗎？我以前可是個美女呵！」

雷珺和她的女兒安琪、女婿強哥同住，公寓大樓位於台北市中心，是最繁忙的購物區。鐘國強是本地一家銀行的投資理財專家，由於個性開朗，作風海派，為人親切沒架子，所以家人和親友都習慣叫他強哥，雷珺也跟著大家叫他強哥。雷珺坐在鏡檯前面，繼續梳妝打理，調整心情，準備去打麻將，好似將赴戰場的老兵一樣，處之泰然，胸有成竹，從容應對自己的過往與未來。

「強哥，我覺得我今天會贏喔。」

「是嗎？我還以為您說今天會死翹翹呢。」

她不理他，仍舊慢慢打理自己，一點都不在乎他是否聽到，也不管他回不回應她的問題。

「是呀，我感覺運氣好是有原因的。如果贏了，我明天就放一天假，用贏來的錢，帶全家人上館子去。」

「您認為您會贏多少呢？」

「強哥，你開我玩笑，我又不是未卜先知。」

她最喜歡的一項消遣，就是和強哥抬槓。她一邊和他抬槓，一邊盯著鏡子看。不久之前，她那九十八歲的最小弟弟超凡打電話來，要雷珺有空去他家一趟。和超凡的聯繫，總是讓她想起小弟小時候的樣子，也讓她想起其他三個兄弟姊妹：哥哥、姊姊、還有另外一個弟弟，他們都過世了。

「那時南京可是個繁華的都市啊……」

「您在跟我說話嗎？需要我幫忙嗎？」

「不用，謝謝，我只是自言自語而已。」

女兒安琪不在，她離開台灣，到加拿大看望女兒和兒子去了。還有，幫傭珍嫂也請了一天假，所以強哥決定先陪岳母去打麻將的地方，晚點再去上班。

「強哥，你們家傭人今天請假是嗎？」

「媽，您不要把人家稱為傭人，記得唷，人家對您很好呀。她已經做了十多年了，辛辛苦苦地幫忙拉拔您的孫子們長大，也是家裏重要的一分子嘛。」

「強哥，你別那麼敏感嘛。我想檢查我那些紀念品，確定一下她沒偷我的東西。」

「媽，我跟您說了，她是家裏重要的一分子，我絕對不會懷疑她偷東西。如果您認為她拿了您的珠寶，那就怪到我頭上來好了。」

雷珺怔了好一會兒，好像在咀嚼強哥的話中話似的。

「算了，算了，強哥，你當然不會拿我的東西，你是我女婿，不可能拿我的東西。」

「好吧，如果要我幫忙的話，就說一聲。我在隔壁看報紙。但您可不要超過一個鐘頭唷，我十一點得趕到銀行，去開一個重要的會。」

強哥和他太太安琪已經和珍嫂談過了，說雷珺喜歡調侃周遭的人，尤其是說別人偷她的東西。有時候她只是順口說說，有時候卻挺較真的，強哥已經提醒珍嫂好幾回了。

「珍嫂，人活過一百歲，就常常有些怪癖，是周遭的人無法理解的。我希望妳不要在意她的指控，我們不太清楚她在成長過程中，都經歷了些什麼，造成她老是疑神疑鬼的。」

珍嫂一向都是靜靜地聽著，一笑置之，他們都知道雷珺有多促狹，總是喜歡捉弄身邊最親近的人；她也知道，有時候雷珺甚至連自己的家人都不信任。珍嫂也一樣，有時候會懷疑別人拿了她的東西，最後卻發現，是自己放在某個抽屜後面了。所以，雷珺和珍嫂倒是能互相理解，相安無事。有時候珍嫂會開玩笑，問雷珺是否看到有人在偷窺她的房間。這種互動，通常都會讓她們笑成一團。

強哥確定雷珺說完之後，就回到客廳，坐在椅子上，看起報紙來。雷珺關著門，在自己私密的房間中，繼續盯著鏡子看，將自己的身影投向另一個世界，一個遙遠的時光。

早年，在事業上，強哥曾經位高權重，代表大企業打理資產投資，必須在世界各地不停地勞頓旅行。現在，再幾年就屆臨退休了，他想輕鬆一點，慢慢來，只要維持過去四十年來所經營的人脈關係，每年就能夠超標達成業務績效。

坐下來閱報之後，隱隱約約，強哥好像聽到丈母娘大聲說了什麼話。可是，這一次他坐著不動，因為不太確定雷珺是否真的有事找他。

「強哥，你確定你自己和你的孩子，都沒吸毒嗎？」

幾分鐘過後，強哥恭順地站起來，走到雷珺臥房門口。

「媽，您要我回答您的問題嗎？沒事提到什麼亂七八糟的毒品，您到底在說些什麼啊？」

雷珺仍舊在臥房裏，盯著化妝檯上的鏡子看。她停了一下，頭髮已經精心打理好了，妝也已經畫得完美無瑕。她默不作聲，強哥只得站在那兒，腳酸了就左右腳互換，站了幾分鐘時間。最後，他轉身，窩回椅子上去。

強哥有時覺得無奈，有時又覺得有點兒困擾，但和岳母相處，大多時候總是趣味無窮。他很了解她的行為方式，總是能預測到她開的玩笑，或是嚴肅點的自說自話。他感到自豪，因為自己總能搶先一步預測到她的行為，和她相處時，這樣才有樂趣。雷珺能夠生龍活虎的在他們家，活到這麼大的年紀，這讓他夫妻倆感到很驕傲。

今天早上，強哥嗅到雷珺的行為有些許不一樣，好像偏離了日常如此這般的流程：梳洗、著裝、出發打麻將，並且，還要確保能比預定的時間早到朋友家幾分鐘。她已經有一兩個月沒有察看那些紀念品了，可是，今天她卻老是想著過去的事。

雷珺最珍愛的東西，都放在一口看起來像櫃子的皮箱裏。這口箱子，是十五歲離家時，母親給她的。這口箱子本身，和裏面所裝的物品，就成了她的整個世界了。

「媽，您還好吧？需不需要我幫忙把箱子取出來？」

「還好，不需要你幫忙，我只是在想小時候的事兒。我想，今天遲到一會兒，朋友們應該不會見怪吧，我一向是最先到的。強哥，你知道嗎……鴉片實在是害人的東西……年紀大了，最難的是什麼呢……我好像一直在討好的那些已經不在了，再也不會關心我的人一樣……如果我媽還在的話，肯定會很得意的……以前她老喜歡啥事都調侃我。」

強哥不太確定是該回答，或是當作沒聽到雷珺那斷斷續續的、有點漫無目的的喃喃自語，這些話題，她以前都提過了。

雷珺頹然倒坐在鏡檯前的椅子上。每當她像今天如此沉湎於過去的時候，強哥就不知道該不該與她說話。他遲疑了一下，然後回到椅子上，從客廳向雷珺大聲喊著說：

「我已經準備好了，您啥時候想去打麻將，隨時都可以走。」

雷珺坐在旋轉椅裏，盤算著，如何將藏在床底下的那口藏寶箱取出來。像是啟動了內建馬達一樣，她悠悠然哼唱起小時候在劇院裏學過的一支小曲兒。

雷珺透過肩上斜望了鏡子一眼，抖擻精神，深深吸了一口氣，像是要從斷崖上縱身跳下水似的，俯下身子，跪在小地毯上，過了一會兒，就歪歪斜斜地將頭鑽進床底下，伸出右手，將那口高齡八十八歲的皮箱，拉了出來。

強哥和丈母娘的對話分兩個層面：一方面是開玩笑，就是善意、機智地相互調侃；另一方面是比較嚴肅的話題，彼此之間都能互相尊重。雷珺再一次喊強哥，他再次從客廳角落的椅子上起身，竊竊莞爾地笑著。雷珺從她的臥房裏發話，聲音不大，但還聽得清楚：

「強哥，有沒有跟你說過，我為什麼十五歲離家呀？」

強哥知道她只是自言自語而已，這時候不用回答，但他還是走到她的臥房門前。雷珺正開始察看起那一件一件用布巾包裹的寶貝。

「強哥，我九歲、十歲左右，人生就開始變得複雜了，我記得，以前總是無憂無慮的。後來在南京，乃至於全中國所發生的事，讓我不得不用新的眼光，來看待這個世界。」

三萬

第二章

南京

一九一七年，在那平靜的年代，雷珺出生於南京，這一年介於一九一一年推翻滿清王朝的辛亥革命，和一九二五年中華民國國父去世之間。她在兄弟姊妹之間排行居中，另外還有哥哥、姊姊和兩個弟弟。當然啦，她的父母萬萬沒想到，這個新生的女兒，長大會這麼熱衷於麻將，而她的一生，正好吻合近代中國的興衰。在父母眼中，看得出這個眼睛敞亮的小孩，將來會是個辛勤工作的乖女孩，也將會是家中、店裏的好幫手。

她父母親都出生於南京附近相對比較富裕的家庭，是由兩家共同的友人介紹認識的。她父母在二十出頭就結婚了，都為能夠成家立業，而感到振奮不已。他們從父母和家境較好的親戚那兒借了些錢，在靠近大街的商業地區買了幢房子，房子的後半部作為住家，前面則用來開設小雜貨店。十五歲之前，雷珺就住在這幢靠近市中心大街的房子裏。

一九一一年辛亥革命，推翻滿清王朝，建立中華民國的前夕，雷珺的父母結婚了。她父親是個有魅力的人，他說他命中注定事業有成，並向未婚妻保證，他很快就會發家致富。

「每個人都喜歡和我當朋友，這樣，我們的事業怎麼可能不成功呢？」

雷珺的母親是個肯幹實幹、腳踏實地的人，她雖然不太清楚未婚夫是不是在忽悠自己，但她喜歡他的熱情，和那種有事業心的態度。重要的是，她喜歡他對自己的感情，和急著想生兒育女的願望。

父母親結婚之後，就開始創業生子。一九一二年，雷珺的哥哥永凡出生於南京，人們都說這是個吉年。永凡長得高高瘦瘦，而且和雷珺一樣，在成長的過程之中，一直比同儕還高一些。這是中華民國誕生的一年，政府擺脫了千年帝制，再也沒有太監、小腳和滿人的小辮子了。

雷永凡出生後三年，雷珺的姊姊雷昭出世了。再過一年半，雷珺就來到這個世界上了。這幾年，父親總是誇母親說：

「上天保佑，妳生了一男兩女，咱兒子肯定會照顧這一對漂亮的妹妹的。」

頭先這仨孩子還年幼的時候，雷珺的父母親熟練地操持事業，從現有的存貨中獲利，再循序漸進地進些新的貨品。父親每天都在店裏，工作十二至十四個小時，全年無休，而他的妻子，則在另外一頭打理家務，照料這仨孩子。

雷永凡年長雷珺五歲。他很早就開始照顧起全家人，所以受到大家的尊重，在家中有地位。他會和父親起爭執，母親通常都默默地支持他。到了十三、四歲的時候，永凡年紀輕輕，已經是家裏的主心骨，而且也是家庭事業的領頭羊。遇到店裏的問題，雷珺和雷昭開始找大哥商量，而不找父親了。

「我們得多進些米，已經所剩不多了……這些新進的小碗，該賣多少錢呢？」

童年時期，雷珺和雷昭姊妹倆最要好。她倆擁有所有女孩子所期待的美貌、有魅力、有活力，以及一個在經濟上能讓她們好好生長茁壯的家庭。她們在住家附近的街道到處玩耍，見到每個人都想認識，雷昭很喜歡領著妹妹到處玩兒。

「妹，快來，街底那兒有家新搬來的，我們去看看，他們家有沒有和我們年紀一樣大的小孩，可以和我們一起玩兒。」

早年間，父親琢磨著，想要多開幾個店面。好像頭先這三個孩子帶來好運似的，好一陣子，雜貨店確實每年愈來愈賺錢。他從早到晚進貨上架銷售，在櫃台算錢，和顧客聊天，給路過的商販奉茶，晚上偶爾和三四位最大的供應商出去應應酬。他總是跟他們說同樣的話：

「幾年內，我們想要在揚州再開個店，我內人的娘家在那兒，只要第二家店開張，他們會協助我們的。」

一九一九年，雷珺的大弟弟飛凡出生了。一年之後，家裏最寶貝的三兒子小弟，超凡，也出世了。飛凡是個帥哥兒，中等身高，也和雷珺一樣，喜歡交際應酬，而超凡則比較沉默寡言，不喜歡出風頭，總是安靜地看著身旁的這些大人。

雷珺和飛凡不停地在店裏的貨道間穿梭，招呼客人。

「哎，李先生，春桃呢？很久沒見到她了。」

「在家呢，我會跟她說妳問起她。」

雷飛凡生來手巧，往後也證明，他確實在工藝方面有天分。小時候，他常常手裏拿著工具或玩具飛機，好像只要發出飛機引擎聲，就能飛到世界各地去似的。

「咻……咻……小心！快找掩蔽！」

飛凡拿著玩具飛機，咻地一聲，從小店的貨道間跑過來，雷珺堵在他面前，喊道：

「飛凡飛行員，你要飛去哪兒？」

「我炸軍閥去……轟！轟！」

長大後，雷超凡長得和哥哥姊姊們一樣高，但是他長得晚，所以在童年時，老是被喊作小個兒。他是個安靜體貼的小孩，總是當哥哥姊姊們的忠實聽眾。日子長了，就看得出他是個值得信賴的人。小時候他和雷珺相當親近，多年來，在雷珺人生中幾個關鍵的時刻，姊弟倆的關係變得更加牢固了：一次是在一九四六年，當她在北京離婚的時候；還有一次是最近在台北，在近親都已經過世之後。

最後，雷超凡搬遷到雷珺台北寓所那條街的另一頭，如果雷珺沒有麻將牌局，姊弟倆仍然時常見面。九十三歲的超凡也有不平凡的一生，但……我們的故事主角是這位將近一百零三歲的雷珺，她幾乎天天和三位至少小十歲的牌友打麻將。

雷珺的三個兄弟各有才華。他們團結一致，在雷珺與雷昭姊妹倆十五歲之前，一直保護著她們。十四歲之後，高高瘦瘦的永凡，就一直留著山羊鬍，在任何壓力之下，總能保持鎮定。飛凡頭髮理得短短的，手巧心細，宣稱只要任何東西放在面前，他都能修好。超凡說話的聲音柔中帶剛，對金錢很有概念。他年幼時在母親身邊，聽母親和商販討價還價，成年後，人們總說他對價錢過目不忘，好像背上背著個算盤似的。

雷珺很早就長得老高，九歲時就比同儕還高、還成熟，急切想要出人頭地，約莫就在這個時候，她就憂慮地感覺到，因為父親愈來愈不常在店裏，一時之間，母親和哥哥必須花更多的時間，打理店裏的事兒。

同時，因為南京常常有公共慶祝活動，以及愈來愈多的大眾騷動事件，而顯得熱鬧哄哄。傳言，蔣介石將成為中國的領袖，而且會把政府播遷到南京。事實上，這事兒一兩年後就都實現了。雷珺十歲的時候，蔣介石偕同雍容華貴的新婚夫人宋美齡，以及龐大的隨扈、僕從隊伍，在南京安頓了下來。大家都聽說，宋美齡大多時候都說英語，所以雷珺就想像著，模仿宋美齡如何跟丈夫說話的樣子。

大致說來，雷珺樂於學習，珍惜朋友，以家人為傲，對生命充滿熱情。到十歲的時候，她非常活躍，而且涉獵許多領域：在學校，她聰慧，人緣又好；在朋友圈，她幽默又諧趣，人見人愛；在家裏，大家都把她捧在手掌心。

同時，雷珺在一公里外的南京劇院參加青年社團。她很快就被青年導師認定為具有天賦。為了回報師長對她的肯定與鼓勵，她就將劇院當作避風港，遠離家裏、店裏和學校的紛紛擾擾。每天放學之後，她得到店裏至少幫忙一、兩個鐘頭，然後傍晚到晚上，就到國劇院和朋友們在一起。

在店裏的時候，她和雷昭用大的容器，裝上麵、米、豆子之類的貨品，再放上貨架代售，忙活一兩個小時之後，就請求哥哥允許她去劇院。

「雷珺，妳先將這些東西放到架上。還有呀，媽媽要妳和姊姊照顧一下弟弟，尤其是超凡。媽媽不想讓他到外面去，妳就照顧個半小時，然後再去劇院。」

一九二六年，當蔣介石首次宣告自己為中華民國的新領袖，並宣布南京取代北京，成為共和國首都時，愈來愈活絡的商業活動，讓周邊的小企業、小商家都先享受到好處。雷珺家熟識的一位紙商，邀請她父親一起出去慶祝慶祝。自從十五年前開設這個小店之後，到那天晚上之前，雷珺的父親從來不曾真正歇息過，也不曾放下家庭或小店不管。這一次，他離開店鋪，離家，出去了三天兩夜，著實讓大家深感詫異。

雷珺和母親就著廚房的桌子吃早餐時，就問起父親的事兒，然而母親沉著臉，把話頭給撂開了。

「小乖，吃飯吧，吃完快上學去。放學之後，立刻回家，今天店裏活兒多，妳幫忙完再去劇院。」

雷珺的父親原來是個本本分分、辛勤工作，又很體貼的人，現在卻開始吸起鴉片來了。從那一晚起，雷珺家一切都變了。她父親愈來愈沒有負起作為父親、作為丈夫，與作為店東的責任了，只成天沉溺於那位紙商帶領的鴉片世界之中。於是，十五歲時，永凡就成了一家之主。

由於雷珺的父親吸食鴉片，癮頭愈來愈厲害，他們的小店虧損也愈發嚴重，多年來辛辛苦苦經營的忠實顧客，也開始不再回頭光顧了。她父親待在店裏的時間愈來愈少，而且，只要在店裏，就想從錢櫃裏拿錢。永凡和母親時時刻刻保持警覺，大多時候都能成功阻止他，不讓他碰錢櫃。這樣，他們每個月總算能夠勻出一些錢來，讓全家大小溫飽。

「雷昭、雷珺，今天放學之後，妳們立刻回店裏來。爸爸已經失蹤兩天了，不知道去了哪兒，也不知道什麼時候回來。除非我們每人每天多工作一點時間，否則應付不來。」

有一天放學之後，雷珺和姊姊正在補貨上架，突然聽到母親第一次大發雷霆。原來是那位紙商上店來訪，想讓永凡下一些訂單，訂他的包裝紙和繩索，永凡站在櫃台後面，母親阻止那位紙商接近櫃台，顧不得店裏還有三四位顧客，就對那位紙商尖聲喊道：

「你給我滾出去，永遠不要再回來！」

雷珺的父親偶爾會從鴉片館冒出來，一連幾天，甚或一兩個星期，舉止近乎正常，然後再次消失，沉淪於墮落的煙癮之中。雷珺知道，大家都在努力地防止父親靠近錢櫃，因為他一直需索無度，拿錢去購買毒品。儘管如此，雷珺的生活大致上仍然充實有勁，而母親也一直保持堅強，對孩子們愛護有加，所以在情感上來說，雷珺也不至感受到和父親斷了線。

十一歲至十五歲，只要有空，雷珺就待在劇院。打從九歲起，她的戲劇老師就認定她是個有天賦的年輕人。現在，除了戲劇技能之外，她還琢磨出如何與票友和戲迷交際應酬，其中有好些是路過的國民黨高官。雷珺特別留意那些不只是來聽戲喝茶，而且還會到後台和其他人擺龍門陣的客人。她注意到，這些打麻將的人是多麼熱衷於牌局。不論是奉茶，或是唱一兩支小曲兒，或與伙伴們演一小段來助興，她都會偷偷看著麻將牌局的進展。在家時，她常常告訴姊姊，她在劇院裏發現的種種事物。

「總有一天，我一定學會打麻將，如果打得好，說不準還能夠贏錢呢！」

在某些方面來說，在家這十五年，是雷珺最甜蜜的時光。對社會上的紛紛擾擾，她無知無覺，只知道在街上玩耍，和兄弟姊妹們在店裏幫忙，並且盡可能多待在劇院裏。破壞童年美好回憶的，是一想起父親鴉片成癮，就讓她感到錐心之痛。父親對家人愈來愈蠻橫的行為，日子一久，她也漸漸感到麻木。然後，在十五歲那一年，她的童年驟然結束了，使得她不得不以不同的眼光，看待生命。

她的父母可能對上天的旨意看走了眼，一夕之間，南京成為全國矚目的焦點。然而，這並非福分，而是詛咒。南京成為全國最重要的城市，雷珺當然知道它的意義所在。但是，上蒼並沒有為她們家帶來財富與鴻運，而是宣告苦難時代的來臨。

在雷珺童年的記憶中，獨獨有件事特別突出，那就是蔣介石和宋美齡決定到她的家鄉——南京定居。從店裏走路去劇院的途中，雷珺天天都在想，哪一天是否會遇見宋美齡。她們姊妹倆愈來愈了解，南京已經變成中華民國的中心了。

「雷昭，妳快來，聽說宋美齡可能會打這兒過，如果她能進我們店裏，買點東西，那就太棒了！」

「別傻了，雷珺，她絕不會自己買東西的，她傭人那麼多，什麼事兒都用不著她自己做。」

在南京熙熙攘攘的外表下，雷珺的家庭正危機重重。她家正遭逢父親吸毒成癮的重大災難。在這光輝的十年之中，中華民國的首都南京之外，是一大片的動盪不安，而這也正是這個家庭小店內的狀況。雷珺的母親和哥哥努力地撐持著事業，宛若一切一如往昔。事實上，雷珺無憂無慮的家庭生活，已經因為父親的毒癮給毀了，他們一切再也無法依靠他了。在外面，蔣介石和宋美齡將國家終於統一的影像，投向世界，準備以現代而又理性的方式向前發展。這也只是個假象，只要細聽，就能聽到遠處戰鼓隆隆。

第二章｜南京

三萬

第三章

少女時代

一九三二年，雷珺十五歲，姊姊雷昭十六歲，這樣的花樣年華，這個世界，本來是該任由她們自由自在馳騁的。作為中國的首都，南京再次繁榮昌盛。城裏的生意愈來愈紅火，利潤可觀，來來往往的人口，一年比一年多。雷珺家的小店也賺進更多的財富。然而，她家開始經歷的危機，正好反應出整個國家的動盪。

雷珺知道，父親有時候會吸食少許鴉片，是一些商販饋贈的。這些商販急於想讓自己的貨品，能夠在這個一度興隆的店鋪上架販售，於是用饋贈鴉片的方式來討好她父親。以前，她年紀還小的時候，店裏的生意很紅火，父親吸鴉片也相當節制，就當作是與工作相關的交際應酬行為而已。然而，在一九二六年，當局宣布南京將成為未來的國都，就在那個要命的晚上，父親的煙癮驟然改變。接下來幾年，父親漸漸地愈抽愈兇，最後竟常常顛顛狂狂，然後消失不見，幾天都不回家。

在她十五歲生日過後不久，有一天，雷珺和姊姊一起坐在廚房，母親站在水槽邊，啜泣了起來。父親走進廚房，焦慮不安。母親似乎知道父親要說些什麼，這些話之前她應該聽他說過了。父親以一種緩慢而又含糊的語氣，說了下面這段話。如果這世界真的能任她們自由自在馳騁的話，以這樣的年紀，她應該感到平靜與安全，然而她卻突然必須立刻面對家庭的危機。

「妳們大哥……不讓我拿錢，我……我有我必要的花銷。如果妳們姊妹倆願意……到街底那位鴇母那兒去做事的話，我就可以有錢。昨天我已經和她談過了，我跟她說，妳們姊妹倆不多久就可以上她那兒工作了。」

這顆重磅炸彈轟然落下，雷珺怔怔地望著姊姊許久，接著望著母親，姊妹倆一句話都沒說，一起走出廚房。那天早上之前，即使在最艱困的時候，在深陷毒癮難以自拔之時，父親也還一直忠實於家庭，極力保護著自己的家。母親從來不曾料到，丈夫竟然會淪為鴉片的奴隸，以至於寧可賣掉親生女兒，以滿足自己的毒癮。

雷珺和雷昭了解到父親打算賣女為娼，以滿足自己的煙癮之後，她母親和兄弟們，開始在暗地裏採取行動了。那星期結束前，雷昭就答應嫁給一位大她十歲的裁縫。這男人事業興旺，在廣州有家庭，所以雷昭得接受當二房的命，安生與他過日子，沒有正式嫁娶，沒有名分。還好，這年輕人的家人也喜歡雷昭，所以這事兒也算平順。一想到父親那一項令人不堪的安排，她寧可當人家的二房，並且對這項安排感到滿意。

再回頭說雷珺，她的問題顯然必須盡速解決。姊姊離開爹娘家，成為那位廣東裁縫的二房，在這段短短的時間裏，母親和小姨領著雷珺多次造訪劇院，詢問是否可以安排寄宿，母親堅定不移，為女兒搬離家裏的事做準備。

「我知道，妳一直想要住進劇院，現在可以完成夢想了。」

「媽，我的夢想，是想要依靠自己的戲劇天分與能力，被邀請住進劇院，不是讓您為了我，去求人家讓我住。」

雷珺的母親不為所動，只是對著女兒笑笑。那天稍晚，她將一口漂亮的皮箱拿給雷珺，這是當年最大的一個商販贈送他們的。這口箱子比一般的箱子大一些，可以稱得上是一只小櫃子了，箱子上有兩個銅製的彈簧鎖，上半部可以拉下來，每個鎖是以銅扣閂上的。這只小箱櫃品質極佳，是以框模將薄薄的硬皮壓實，成為長方形的結構，是這樣製作而成的。

「雷珺啊，如果妳好好保護這口箱子，它可能可以用上百年呢！」

打從九歲開始，雷珺一到晚上，就去參加南京劇院的課程和活動，這劇院距離她們家的店鋪約一公里之遙。學員們長到十六、七歲時，劇校就會從中挑出最有天賦、最努力學藝的學員，搬進宿舍，以便集中培訓。自從開始參加這項青年活動之後，她就一直夢想哪天能被邀請入住宿舍，那樣一來，就可以向家人證明自己是個有天分的戲劇演員。

雷珺的母親，並不懂受到正式邀請的意義所在，也不認為被人家邀請和沒被邀請有什麼差別，有什麼重要性，只是和雷珺的小姨帶她去拜見院長。這兩位中年女性打定主意，無論如何都得幫雷珺搞到一個床位，讓她能夠搬離家裏。她不太情願地陪著她們，想要跟她們解釋這樣去請求師長，是違反規定的。這兩位女人只是笑笑，不理會雷珺的抗議，繼續向劇院走去。

「別鬧了，小乖，我得盡快回店裏去。小姨肯陪我們就不錯了，還磨磨蹭蹭。快點，別拖拖拉拉的。」

過去幾年來，雷珺受父親狀態每況愈下的影響，遠大於姊姊和母親。她不敢相信，她敬愛的父親，小時候這麼寵愛她，竟然會做出那樣的事。過去幾年，父親都沒有為她的幸福著想，在鬱悶的時候，雷珺也會對父親發脾氣。她已經失去父親了，那位她童年記憶中溫暖、大方、慈祥的父親，已經死了。

雷珺的母親和姊姊，早就習慣以平常心，來對待她父親的行為了。當時在南京有很多鴉片鬼，所以她父親的行徑，並不值得大驚小怪。雷珺年少時，社會上零零星星吸食鴉片的現象，相當普遍，人們認為，政府其實也多多少少從中獲利，甚至依賴鴉片的廣泛使用，抽取利潤，來維持政權的運作。傳說善妒的女人，甚至會利用鴉片來控制丈夫，這樣男人就不會在外面找女人了。雷珺家的情況可不是這樣。在頻繁消失在鴉片煙館之前，父親一向為了家庭，做牛做馬，辛勤工作，而且是個忠誠的丈夫。他們夫妻倆可說是幸福的一對，直到突然之間，不知道丈夫怎麼就變了，失去控制了。

一九二〇年代後期，中國各路軍隊，都依賴銷售鴉片的稅收來維持。早在一個世紀以前，英國東印度公司的商人，航海至出產鴉片的印度，然後將毒品運到中國，換取高品質的茶葉，最後航返英國，再以高價出售中國茶葉，利潤極為豐厚。到了二十世紀中期，鴉片已經在中國各地生產了。即使在滿清覆亡之後，大部分的軍隊，不論是國民黨的，共產黨的，還是各路軍閥的，多多少少都靠銷售鴉片的利潤來運作。後來，日本皇軍也在中國做起鴉片買賣，來支持部分軍事活動。

在極大的焦慮和不安全感中，雷珺告別了童年。她父親鴉片成癮，是個人行為，而不是因普遍的混亂現象，或是出自政府的鼓勵，也不是社會失能而引起的社會病態。朋友引介他吸毒的那一天，他肯定是意志不堅，於是上癮了。過去十五年的時間都在店裏頭，他一直孜孜不倦，辛勞工作，現在決定要輕鬆一下，放鬆自己。之後，鴉片所帶來的銷魂快感，更使他缺乏抗拒欲望的意志力。雷珺已經忘記，到底是什麼時候，父親開始無可救藥地上癮的，但她記得，大約是在蔣介石、宋美齡和他們的隨扈第一次來到這個城市的時候。那時雷珺十歲，而且清楚記得宋美齡定居南京那一天的情景。

當雷珺和母親，以及小姨步行前往劇院的時候，母親告訴她，父親已經不是當初的樣子了，他已經變了，一直像無頭蒼蠅一樣，愈來愈多時間花在尋找南京最純的鴉片上面。當他搞到錢，買到最好的鴉片之後，就沒日沒夜，不停地抽幾天。

「妳父親變瘦了，而且變得蓬頭垢面，不修邊幅，他肯定也受不了自己，所以，當他不在迷幻之鄉時，也會為自己所做的事，感到沮喪難過。但是，妳待在家裏，就只能悲慘度過一生，小乖，妳必須立刻離開。」

劇院裏主管青年活動部門的師長，和宿舍的舍監，都很喜歡雷珺。當然，還要歸功於母親和小姨的說服力，於是她很快就被邀請入宿了。

「雷珺這個學生，性格堅強，個性不錯，活潑外向，容易相處，不難管教。目前她十五歲，但也快十六歲了。如果準備好接受更嚴格的舞蹈、雜技和歌詞背誦訓練的話，只要得您同意，那麼她就可以加入我們，馬上就可以搬進來住。」

雷珺聽到師長當著母親和小姨的面，讚美她的戲劇才華和社交能力，不禁開懷笑了。除了對讚美之外，住宿舍還有個好處，就是能夠和學員朋友自由自在地交遊，不用受到家裏或店裏工作的約束。負責青年活動部門的師長，將她們介紹給雷珺的新室友蘇敏，她大雷珺一歲。兩個女孩子一見如故，相互愛慕，看來這項新的住宿安排是對的。

雷珺私底下獨自暗忖，現在有更多機會學打麻將了。一開始接觸這種牌戲，是在上夜間課程的時候。有一次，有位老師請她幫忙去拿回外套，她不經意逛進了主樓，那兒通常是禁止青年學子進入的。在樓廳裏，一個滿是煙霧的角落，擺著一張桌子，四個生龍活虎、興致高昂的牌友，正在埋頭奮戰，時而高談闊論，時而縱聲大笑，其中有一位是女的。

從那天起，一有機會，雷珺就向人請教這種牌戲的玩法和規則。她很好奇，那位孤單的女人，怎能在滿是男人的樓廳裏，如此盡情玩樂。有一段時間，來自全國各地的政府官員造訪南京時，就可能會擺上三、四桌麻將牌局。牌友們埋頭奮戰，每每一連八小時、十小時，而且不時有一堆人在圍觀。在劇院一兩年後，雷珺被要求侍候牌友們茶水，或唱支歌兒、曲兒來助助興，在這當兒，她就偷偷地學些牌戲的玩法和規矩。

在劇院的時候，雖然雷珺沒有真正打牌的機會，但這地方卻成為她的麻將訓練所。劇院後台，離廚房不遠的地方有間側房，一有機會，雷珺就溜到那兒，這裏每星期都有幾場牌局。牌友們總是全神貫注地玩牌，以免輸錢，她則陶醉在全場的打牌節奏與你來我往的氛圍之中。

雷珺注意到，每一場牌局，無論是多麼隨便的牌局，好像冥冥之中，照例都會有一種更高的力量參與其中，譬如說運氣好不好、老天爺眷不眷顧，或是注定要輸要贏等等，邪乎得很，還真不能不信。在開局之前，牌友們會互相調侃、互相取笑，這是重要的交際套路環節。經由傾聽這些牌友的言談，雷珺就會得到他們個人方面、政治方面、生活技能方面等等的重要訊息。她了解到，如果想要在牌桌上無往不利，常常贏牌，就必須了解對手，然後才能預測他們下一手牌會怎麼打。她也注意到，在中場的時候，牌友們會好好吃一些為他們準備的點心或宵夜，像似軍人在大戰一場之後，退下戰場，稍事休息整備一樣。打麻將這事兒，對於能幹又懂得交際的女牌友來說，似乎沒有限制，跟男人一樣，她們也能大贏一把，或大輸一番。

在劇院這裏，有些麻將牌友是戲曲名伶，有些則是工作人員，或是普通市民。當時南京還是全國的政治文化首都，有一些牌友，是路過南京的顯赫高官。雷珺一邊幫他們奉茶，一邊傾聽他們高談闊論，特別留意南京一般市井和其他各地快速變動的政治狀況。

最後一次回到家，雷珺疊衣整裝，將各樣寶物放進皮箱裏，刻意把每樣東西放在特定的地方。小姨送一只鑽石戒指當作臨別禮物，她將它小心翼翼地裹在一張泛黃的毯子裏，然後將毯子放在箱子底層後方的一個角落，這一放就是八十八年。

八歲生日時，父親送給她禮物，還告訴她說，這是他從小時候留下來的，是清朝的錢寶，雷珺將這禮物拿給母親和小姨看。

「我會記得父親以前的樣子，不是現在這樣。」

雷珺將錢寶放進一只厚厚的襪子裏，然後將襪子放在那張泛黃的毯子旁邊。雷珺向家人和小姨道別，三個女人抱哭成一團，最後母親破涕為笑，安慰雷珺說，相距僅僅一公里地，不用傷心。

一九三二年，這一年中，雷珺和蘇敏很快就成為最要好的朋友，也是好姊妹。雷珺被迫必須了解自己的處境，了解她原本不曾認識的世界。譬如說，她很快就了解自己美貌的本質，也了解自己的美貌對男人的影響力。而且，比起大多數同齡的女孩子來說，她更了解到中國正處於多事之秋，還了解到，對像她目前這樣必須獨自生活的人來說，突然之間，遊戲規則變得比以往更加靈活、更加權變、更加有彈性了。在日常平靜的生活之下，生命變成生存遊戲，也使雷珺那份早熟的處理亂局的才幹，有了用武之地。

和在家一樣，劇院裏每天生活上的種種，活生生地輪番上演，只是，在和蘇敏所住的平靜宿舍裏，雷珺再也不必與家人一起，掙扎維持著小店的生意。取而代之的，是天天努力磨礪自己的戲曲技能，並且盡可能搜集劇院外面世界相關的訊息。

三萬

第四章

收藏物（台北）

像是在做儀式一般，雷珺繼續撫弄著她那些寶貝，將每件物品握在手中，直到這些小小物品打開她的回憶，將她帶回過去。她對著在客廳看報紙的強哥喊道：

「強哥，來一下，我跟你說……如果你幫我忙，我就送你一個錢寶，這是我第一次結婚時得到的禮物。」

「媽，幫您忙是應該的，我很樂意，不用您的酬勞。我這兒坐著，您有需要就喊我，家裏只有我們兩個人，所以您不用關著門……記得喔，我們必須在一小時內出門。」

雖然身處強哥和女兒台北安全的家中，雷珺仍和在南京時一樣，總覺得小心警覺才是生存之道。生活的艱困不斷向她襲來，她必須好好應對，就像在麻將桌上廝殺一樣。遇到原則性的問題時，雷珺也會據理力爭，但不論是兄弟姊妹之間的爭執，或者是與強哥的爭執，她可沒時間、沒興趣陷於冗長的爭論，或漫長的哀傷之中。雷珺覺得這時候不值得與女婿耗時間鬥嘴，所以就將注意力放在她那些寶貝上面。

對她來說，檢視那些物品總是苦樂參半。每當凝視著自己的過去時，她總是看起來茫然失落，而又情緒不寧，好似剛從某個萬分艱困的時空回來一樣。雷珺常常不由自主地回憶起這些事情，只是，每當憶起，她都心痛不已。剛開始，她總是面無表情，接著就閉起眼睛，聞起她的寶貝物品，然後在手中翻轉撫弄。毯子、照片、錢寶、戒指等等，都有相同的作用。每件物品都具有遠比其本身還高的價值，每件物品都能將她帶回一段特定的時光。

強哥坐在客廳裏，想辦法讓雷珺不要一直深陷於回憶之中。當她在檢視那些物品的時候，強哥覺得她失去了喜歡開玩笑的天性，好像變成另一個人似的，像似在回憶之中耗盡心力，喚不回來。

「媽，我跟您保證，您那些寶貝，都在您原先放著的地方，今晚回來的時候，我保證它們還在原處，您怎麼不在今晚回來之後，再察看箱子呢？」

她不理他，只是跪在床邊的小地毯上，欣賞著她的皮箱。這麼多年過去了，這口箱子還是非常結實耐用。接著，雷珺小心翼翼地按下扣子，打開鎖上的銅閂。雷珺掀開上面的蓋子，這時強哥喊道：

「媽，一切還好嗎？需要我去您房裏幫忙嗎？」

「還好，不必了，你待著。」

雷珺將手伸進箱子最遠的角落，壓在所有物品底下的，是一張整齊折好的發黃毯子。她閉上眼睛，將毯子湊在臉上。孩提時，在店裏，她老拖著這張毯子，沿著貨道，上上下下，跑來跑去。記得父親常常從背後過來，摟住她，將她抱起來，在空中旋轉。雷珺甚至能聽見街上的喧囂聲，也聞得到農產品、灰塵和佛香等等，各種雜味，這些都是她的童年和小店生活有關聯的。

雷珺將毯子放在箱內的那些物品上面，打開毯子，從中取出一只戒指，這就是十五歲離家，搬進劇院時，小姨送她的那只戒指。雷珺閉上眼睛，緊緊地握著戒指，像是想喚回小姨似的，眼淚不禁湧現，她很快用黃毯子將淚水拭去，深怕別人看見她激動的情緒，雖然獨自在房裏，但她似乎能聽見小姨的聲音。

「雷珺，好好保管這只戒指。哪天如果有急難，可以變現，千萬別讓別人知道妳有這東西……除非必要，否則就不要典當，總有一天會很值錢的。」

正如以往，她將戒指再包回毯子裏，手伸進去，將毯子放回箱子的角落。接著，雷珺拿起放在所有物品上面，用棉繩鬆鬆綁在一起的一疊黑白照片，打開固定的繩結，特別篩選其中兩張，抽了出來。其中一張是她早年好友蘇敏的照片，她和蘇敏臂挽著臂，站在一起，這是雷珺搬進宿舍那一天，和蘇敏在劇院前拍的照片。另一張照片，是十二年後，雷珺在上海，年紀輕輕就當上媽媽時的照片，那時她正在撫育長女貝莎，從照片上看來，當時小娃兒只有幾個月大。

她將照片湊近臉龐，聞一聞，嘆了一口氣，然後一如往昔，小心翼翼地將照片捆綁好，放回箱子裏原來的地方。為了讓自己清醒一下，回到現實來，於是雷珺向強哥喊道：

「那啥……強哥，安琪明天晚上回來是吧？」

「媽，是啊，她的班機明晚到，要的話您可以和我一起去接機。」

聽到強哥的聲音，她感到很滿意，接著說：

「我就快好了，今天的牌局……我會晚點到，她們得等等我。」

她暗忖，平常都是我等她們，沒事兒的。強哥從椅子上起身，慢慢走到雷珺房門口，近距離和她說話。他很好奇，到底丈母娘快弄完沒有？只要看看有多少東西攤在箱子外頭，就知道她還需要多少時間才會結束。

「我們半小時內就得出發了……我說啊，您為什麼把每件珠寶都用布包得嚴嚴實實的？」

「強哥，包裹這些東西，是要把它們藏起來，如果小偷打開箱子，看到的只是一些布，被唬弄了，就嚇走了……咳，強哥，你不該這樣偷看我。」

雷珺怔了一會兒，打開祖母送她的黑色羊毛披肩，從裏面取出一只玉鐲子，然後緊緊握著，這是劉先生送的。她和劉先生是在劇院認識的，就是後來她答應在漢口相會的那個男人。但是，不像拿著那張泛黃的毯子和鑽戒，或拿著蘇敏的照片，還是拿著大女兒的照片時，是那麼親近，那麼親切，現在雷珺手握著這只鐲子，卻將它推得遠遠的，遠離自己，像是不想讓它的魔力控制自己似的。她久久地看著鐲子，即使想要辨識玉石的成色，也不用看那麼久，然後，突然像是夢醒一般，快速地將它包進黑色披肩裏，放回箱子去。

接著，雷珺將手伸進箱子另外一邊的角落，輕輕地抽出一件紅色繡花開襟毛衣。毛衣裏包著的是木框照片，她將照片放在一旁，手捧著毛衣，深深吸了一口氣，回憶起初到台灣時的情景，與軍人同乘飛機到新竹、第二次婚姻，還有最小的三個孩子出生的情景。雷珺表情微微扭曲，憂喜難分，苦樂參半，似乎有兩種情緒，正在糾結對抗一般。

她將毛衣放在膝上，看著木框裏的一張照片，約莫拍攝於一九五八年，照片中，她與丈夫和三個孩子坐著，兩個小男孩和一個剛出生的女娃，抱坐在膝上，雷珺當時四十一歲，看起來愉悅又滿足，丈夫在一旁，顯得意氣風發。

木框裏這張照片旁邊，還有另外一張照，是雷珺和六十歲的第一夫人宋美齡握手的照片，當時夫人名位猶在，顯得優雅、自負、迷人。雷珺對那一年記憶猶新，這不只是她最小的孩子，也就是強哥的太太安琪出生的年份，也因為她丈夫從那一年八月，就開始非比尋常地忙碌起來，因為中國對位於台灣本島與大陸之間的金門，開啟了為時六星期的密集砲擊。雷珺記得，當時的局勢令她覺得，終究台灣可能還是無法讓她免於戰亂的折磨。

受到丈母娘一頓訓誡之後，強哥退回到客廳的椅子上。

「強哥，我保證很快就弄好了。需要你幫忙，要請你把箱子放回床底下的時候，我會喊你的。」

六十四歲的強哥，是個有自尊心的人，要是被其他人這樣喊來叫去的話，他可能會發火。但是雷珺的話，卻對他沒有太大影響。與丈母娘打交道時，強哥的臉皮比水牛還厚，他很高興，也很自豪雷珺能和他們一起住，所以也能容忍她所說的任何言語。雷珺仍然在說話，但大多是說給自個兒聽的。

「強哥，看起來每件東西都在，真好。每件東西都在……我的膝蓋不行了……可是，我覺得那些包在毯子裏的錢寶，好像怪怪的，好像有人拿出來看過。毯子不像我平常折疊的樣子……還好，沒掉東西。幸好我把它們都裝在箱子裏，並且放在床底下，否則現在可得後悔了。」

在接下來的十五分鐘時間，雷珺坐在地毯上，察看那口八十八歲的骨董皮箱，仔細算著收藏品中最寶貝的一百四十四張牌，這是貝莎出生後，上海那些國民黨的太太們合送的一副麻將，就是那群幫她打理兩個孩子出生的太太們，一起湊錢買來送她的，想要鼓勵她重新再回到牌桌上來。

「得了，媽，您別亂說了。沒人會偷您的東西，我們真該走了。」

「你能不能幫我把這東西推到床底下，盡量往後面靠，這樣就沒人看得見了。小心點，說不定這口箱子已經受夠了這世道，一下子就崩壞了。」

「好啊，媽，如果您准許我進您的房間，我就幫您搞定。」

「當然可以啊，進來，進來。」

雷珺坐在旋轉椅上，看著強哥跪在小地毯上，準備幫忙把箱子歸位，這時她覺得有必要讓強哥開開心，就說道：

「當年我在母親和小姨陪伴下，剛搬進劇院，我最要好的朋友蘇敏就對這口箱子品頭論足，她說：『哇！好華麗的箱子。妳和宋美齡一樣迷人，能和這樣的女孩子住在一起，太榮幸了。』」

三萬

第五章

時代的大局面

一九二七年，雷珺十歲，和父親在店裏，一起整理貨架上的瓶瓶罐罐時，第一次聽說宋美齡的名字。有一位客人對父親說：

「老闆，你聽到消息了嗎？蔣總司令要和宋美齡結婚，然後他倆都會住在南京，如果南京變成首都，你的店就要大發利市了。」

「哦，雷珺，聽見沒？陳先生說蔣總司令會帶新娘子到南京來，說不準妳哪一天會見到她呢。」

雷珺的父親有先見之明，她的命運，和大她二十歲的宋美齡息息相關。這兩位女性在相近相似的時空中，同時生存在這世界上。以歷史的後見之明看來，宋美齡對國家事務的影響力，使得雷珺原本已經命定的一生，似乎被這股力量推動著，而宋美齡自己也一樣，不知不覺地被更大的一股力量所牽動。她們倆的命運，都戲劇性地被社會的動亂與政治的動盪所改變，她們倆也都經歷過、忍受過激烈混亂的年代，早先在大陸，後來在台灣。整個時期，在某些關鍵的時刻，宋美齡似乎手握重權，協助形塑歷史，也影響了像雷珺這樣一個小演員的命運。

宋美齡的家庭環境與教養，以及隨之而來的婚姻，與蔣介石的共同生活，這一切都是獨特而又不同凡響的。無庸置疑，蔣介石在中國掌權大約五十年之中，宋美齡對丈夫的政治資本，起到很大的作用。世界史上，很少有政治領袖能有這樣的功績。蔣介石的政治韌性，來自於與宋美齡的結合，多年以來，宋美齡時而親切討好、時而惹惱激怒、時而從中操弄，進而教育並告誡外國的政治領袖，尤其是美國各界領袖，她以這樣的方式，讓蔣介石的政權得以維持。

一八九八年，宋美齡出生於上海郊區，在六個兄弟姊妹中排行第四。她父親宋嘉澍與母親倪桂珍，賦予孩子非比尋常的知識學問、誠懇謙虛、雄心壯志等各種美德，與對祖國的愛，集於一身。宋嘉澍特別喜愛冒險犯難，活力無窮，富進取心。他是見證耶穌基督的衛理會傳教士，而倪桂珍的基督教信仰，來自於幾代人的家傳淵源，夫妻倆都是虔誠的基督徒。

宋嘉澍出生於海南島，年輕時，迫不及待來到美國，首先在波士頓唐人街他叔叔的小店打下手。由於生性好動，不久就離開叔叔，在各處的遠洋輪船上做事。在一次冒險中，他遇到一位人士，勸說他改信基督教，然後為他找了一位贊助者，幫他付學費，讓他在美國的杜克和范德堡兩所貴族學校上大學，條件是他必須回到中國去，以衛理會牧師的身分，傳播福音。

宋嘉澍兌現了對贊助者所作的承諾。但是，當他回到中國，開始參與傳教活動之後，卻對長時間的傳教工作，與微薄的薪水，深感煩惱，於是就改行從商，最終以在國內印製聖經、銷售聖經，賺得大筆財富，他的致富訣竅，就是以巧妙的手段節約成本，並輸出本地的原料與人才，來獲取利潤。宋美齡與兄弟姐妹都承傳父母親的特質，那就是從基督教信仰而來的好口才，與能幹肯幹的事業精神。

在十九世紀後期，除了身兼傳道人與商人之外，宋嘉澍也算是一個革命分子，他加入了意圖推翻滿族大清王朝的組織。一八九四年，他和孫中山先生在上海的一間教堂相識，孫先生是位有遠見的革命領袖，最終在一九一一年成功鼓動了辛亥革命。因為有共同的基督教信仰、客家傳統與革命熱情，宋嘉澍和孫先生成為親密的盟友。宋嘉澍慷慨解囊，以財力支持孫先生實現理想。

蔣介石年紀大宋美齡十歲，於一八八七年出生於浙江省一個叫作溪口的小鎮，八歲喪父，之後由母親在一個昌盛的鹽商家族中撫養長大。儘管經濟上不虞匱乏，蔣介石少年時，總覺得他和母親孤兒寡母，孤苦伶仃與全世界對抗，所以養成了叛逆性格，他那廣為人知的脾氣，就是源自於早年的經歷。二十歲時，蔣介石赴日本軍校求學四年，最後兩年時間在日本皇軍服役。經由中國與日本軍中同袍的薰陶，中華民族主義的思想在他心中滋長，在當時，這意味著要戮力將國家從帝制中解脫出來的一種想法。

中華民國的締造者孫中山先生，是蔣介石的革命導師，經由他的關係，蔣介石得以結識極具影響力的宋氏家族。當時孫先生已經和宋美齡的姊姊慶齡結婚了，他倆的結合，讓蔣介石得以認識宋美齡。在此之前很長一段時間，從年少時期至大學，宋美齡一直在美國接受教育。

十八歲時，宋美齡榮譽畢業於衛斯理學院，並於一九一七年回到中國，這一年雷珺在南京出生。一九二〇年，也就是宋美齡回到上海三年之後，蔣介石向孫先生表達想和宋美齡結婚的意願。他的導師孫先生殷切地向宋家轉達了他的要求，結果，宋家考慮到幾個因素，斷然拒絕他的請求。原因之一，是蔣介石已經有兩次結婚紀錄，而且當時還是有婦之夫，在外面還有其他女人。再說，他是軍人，不是學者，一般來說，軍人在中國社會地位不高。還有，他不是基督徒。剛開始時，宋美齡也拒絕蔣介石的求婚。

一九二〇年，雖然蔣介石第一次想要與宋美齡結褵並未成功，但他仍不移初衷，好幾年時間，持續不斷，不時給宋美齡寫信，進行鍥而不捨的長期追求。同時，因為軍事生涯的關係，蔣介石漸漸成名了，這對贏得大多數宋氏家族成員的贊同，起了作用，只有宋慶齡終其一生，都保持對蔣介石一貫的批評態度，並在政治上一直站在他的對立面，算是家族中的異數。一九二六年初夏，蔣介石在漢口造訪了宋氏家族，尋求他們集體支持他的領導地位。

宋氏姊妹最年長的藹齡，極力贊成將妹妹下嫁蔣介石的想法。她向蔣介石提議，並承諾說，如果他與美齡結婚，她將會在政治上與財務上支持他。宋藹齡認為，只要得到孔宋集團的支持，肯定可以在上海向富人募得資金，確保蔣介石的政治前途。蔣介石也了解，對他的政府來說，宋美齡的哥哥子文，與宋藹齡的丈夫孔祥熙，將會是重要的資產。蔣介石留意與宋藹齡的對話，特別是她提議的內容，但是，要在一年半之後，這件事才美夢成真。

對於宋藹齡的提議，蔣介石甚感振奮，因為他對宋美齡的遐想，已有六年時間。然而，從一開始，他們的婚姻，注定是一場政治的結合，只是時候未到而已。迷人的宋美齡，擁有蔣介石所沒有的所有特質：有魅力、有文化、有教養，為人世故，容貌姣好，還有宗教信仰。宋美齡也漸漸看出，與蔣介石聯姻，是讓自己能在兄姊之間出人頭地的大好機會。再者，這還可能讓她立於特殊的位置，能夠改變大局，儘管自己有獨立的精神、智慧與成就感，但也被蔣介石強而有力的崇高軍事領袖地位所吸引。

蔣介石成天忙於權力鬥爭，無暇顧及宋藹齡的提議，直到一年多之後，在一九二七年五月，蔣介石再次致函宋美齡，向她求婚。這時，他已經證明自己是個精明堅強的政治領袖了，但是，在國民黨內，他主導了對共產黨無情的清洗，這使得宋美齡的姊姊慶齡大為驚恐憤怒。在一九二七年八月，蔣介石終於被迫從軍事領袖的位子上下來，回到浙江老家，待了幾個月，重新思考自己的未來。

現在，沒有工作上的負擔，獨自在家，蔣介石就能全神貫注在與宋美齡完婚這件事情上了。他追隨宋美齡與她母親的腳步，去了日本，在她們母女面前，正式求婚。宋美齡與母親接受了他的請求，但條件是他必須斷絕與那些女人的曖昧關係，而且最終必須接納基督教，成為基督徒。蔣介石答應這些條件，就這樣，機會主義與羅曼史相遇在一起，為世代最盛大的婚姻架設好舞台了。蔣介石當時的夫人是陳潔如，他否認與她有婚姻關係，並且著手將她送上船，要她去紐約，而他自己，則開始一輩子對基督教的研習。

一九二七年十二月一日，蔣介石和宋美齡在上海結婚，婚禮遵循中國禮制與基督教傳統進行。之後，他們很快就搬到南京。一九二八年二月某一天，當時十一歲的雷珺剛剛從位於大街上的家裏出門，聽到一陣騷動，原來是蔣總司令的新婚夫人抵達南京的隊伍，經過這裏。在女孩子與年輕婦女間，宋美齡出盡風頭，因為她穿著別緻，而且有個習慣，就是衣服從不穿第二次。

雷珺和姊姊都很想見到宋美齡。

「雷昭，快來，快看，黑色車隊朝這兒來了，是第一夫人宋美齡啊！」

「哇，聽說她很漂亮呢！」

顯然，宋美齡對英語的掌握是一流的，但是，畢業後回到上海，首先要面對的，是對中國的語言與文化感到陌生的問題。她從小說上海話，但仍然不會說普通話，也不太會寫中文。於是，她花了好幾年時間，跟隨一位吟起詩來搖頭晃腦的老學究，勤快學習中文。

婚後不久，蔣介石重返國民黨，再次擔任軍隊的總司令，重新展開尚未完成的北伐的軍事行動，意圖在國民黨唯一一面旗幟之下，統一全國。從一九一四年起，蔣介石就追隨孫先生，原本唾棄帝國主義，信仰社會主義。然而，他在一九二七年初的清黨，標誌著國民黨在意識形態上的一個轉折，這使他從大多數追隨孫先生的人群之中，分裂出來。蔣介石以自己的方式詮釋革命導師的理念，也就是揚棄社會主義，尤其是俄國蘇維埃所提倡的理念，同時也對西方帝國主義採取軟化的態度。蔣介石堅持說，他是受孫先生之託，實現孫先生的指示，最重要的是，以鎮壓異議分子的方式，將全國統一在國民黨唯一一面旗幟之下。

從一開始，宋美齡就陪伴著蔣介石，抓住機會，掌握中華民國的方向，並協助中國塑造政治前途。宋美齡的家族淵源，通常被稱為孔宋集團，大部分都支持她和蔣介石，也支持他們以民族主義，來詮釋孫中山先生的訓示，除了一位之外。孫先生在一九二五年逝世之後，年輕的遺孀宋慶齡，決定痛斥蔣介石背叛她先生的理念，這背叛始於蔣介石採取嚴厲手段，下重手清黨。接下來的三十年間，宋慶齡一直支持興起中的共產黨，這意味著對親愛的妹妹美齡的含蓄批判。儘管政治見解上的差異，但姊妹倆一直都維持親密往來，直到一九四六年，國共開啟全面內戰為止。

然而，一九二八年的南京地區，未來十年，被認為是中華民國的黃金年代，宋美齡與蔣介石的政黨，聲望節節高升，評批者的聲音，如果不是全然被窒息的話，也是愈來愈啞然無聲了。國民黨的光輝十年，在雷珺的家鄉南京展開了。

在一九二八年的某一天，第二次北伐剛開始時，國民黨的國民革命軍行軍經過市中心。雷珺喊著在店裏的姊姊，雷昭與兩個弟弟跑了出來，飛凡和超凡跟隨軍隊走了幾條街，直到姊姊喊他們回家。

「姊，我們可能可以見到宋美齡，聽說她要和軍隊一起，一路上北京去呢！」

「妳想她會穿什麼呢？會不會是穿旗袍？」

雷珺最初生活了十九年的出生地，家鄉南京，就是在那一年開始蛻變的。幾年之內，這個原本暮氣沉沉的古城，變成一個繁榮昌盛、活力無窮的國際都會。南京的光輝十年，夾在中國近代史兩個重要的事件之間：一個是北伐，這幾乎被所有人認為是成功之舉，整體上大致統一了全國；另一個是南京大屠殺，這是發生在第二次中日戰爭剛開始時，極為野蠻可恥的一個慘劇。日本軍隊進入南京，摧毀前十年所有的建設，殺害成千上萬無辜的居民，當時雷珺和她的近親，奇蹟似的正好都不在市區，因此逃過劫難。

雷珺和雷昭殷切地看著第一夫人，優雅地坐在一輛黑色汽車裏，慢慢地通過她們家的店前面。當時南京的車子為數不多，所以汽車本身就是財富與權勢的象徵。透過車窗，雷珺看到宋美齡穿著一套別緻的旗袍。雷珺萬萬沒想到，在未來的日子裏，她竟然會認識這位聲名卓著的女士，更沒想到，在未來，她每年會偕同丈夫與宋美齡一起用餐。她未來這位丈夫，是宋美齡在台灣時期的秘書，也是最為信賴的助手。

「雷昭，妳看，快看啊！她年輕又高貴，聽說她父親很有錢，而且她英語說得非常好。」

從蔣宋聯姻的第一天開始，雷珺就對他們的婚姻很感興趣。他們的婚姻，時而充滿愛，時而充滿感情與關懷，但最為人津津樂道，是他們的結合，在政治上是聰明之舉，這挑戰了算數上一加一等於二的基本規則。就這件事來說，對他們個人而言，一加一遠遠大於二，而且對他們在大陸或台灣的統治地區而言，在某些方面來說，也是一樣的。他們的結合，象徵人性最好與最壞的品質：一方面，對家族與朋友極度的忠誠，以至於有時候太過於徇私袒護，導致貪污腐敗；另一方面，他們戮力從公，但對不合作的左傾愛國分子，卻又不夠寬大，導致民權不彰。

剛到南京的時候，這對新婚夫妻散發著新舊並陳的價值理念。蔣介石代表某一種傳統價值，神情嚴肅而堅強，說起話來帶著濃濃的浙江口音，且常常引用艱澀難懂的儒家格言。同時，宋美齡則象徵現代精神，說著流利的英語，悠遊於各色人等之中，尤其是在外國人之中，而且常常教導國人要做好公民，才有光明的未來。蔣介石在大眾面前，就顯得有點不自在，有點放不開，而宋美齡走路、穿著、與南京民眾的互動，則顯得極有自信。她時常呈現出一種愉悅的涵養，尤其是對那些想一窺神祕的中國文化的外國人而言，這種氣質，更使她深受喜愛。

一九二七年至一九三七年間，蔣介石面對的所有軍事威脅之中，存在最大的挑戰，來自於日本。然而在整整十年之中，蔣介石決定將資源投入對他的政權造成威脅的兩大國內勢力：共產黨與軍閥。他強力辯稱，只有在收拾國內這兩大集團，將全國統一在國民黨唯一一面旗幟之下，中國才有能力對付可怕的日本軍隊。

完成北伐之後，雷珺與南京人都體驗了歡欣鼓舞的時刻。蔣介石的國民革命軍，在第二次成功解決了幾個強大的、獨立自主的軍閥之後，最終收復了北京。當時這些軍閥的統治範圍，其中西部一個地區，從西安一直到蘭州，南方一個，則從桂林到廣東。第三個重要的地區，是大同一帶的山西省，而最重要的，是北洋地區，包括北京與東北。雷珺和兄弟姊妹，在自家店門前放了好幾個小時的炮竹，城裏的人都興高采烈，希望這是全國和平穩定的開始。

大體上來說，宋美齡遠離上海的家人，在新婚生活中，安頓了下來。但是，婚姻並非全然沒有挑戰，她也不時為生命中的低潮所苦，一次是在一九二九年，她流產了；另一次，是她母親於一九三一年逝世。除了在事業上陪伴丈夫之外，宋美齡也繼續自己忙碌的行程，例如到孤兒院關懷孤兒、到醫院看望傷員，以及慰問死難的軍人家屬等等。

身為領袖人物，宋美齡比蔣介石還在意自己在世界舞台上的形象。她協助蔣介石塑造鋼鐵般的軍人形象，並在國際社會為他倆打造良好的印象。她引導蔣介石，在國人面前留下比較溫和的觀感，結果，大家都願意無視於他在幾年前清黨時，對國人所做的暴行。現在，宋美齡已成了蔣介石最重要的人力資產：她聰敏、機靈、熱情、充滿企圖心、懂得善用機會，而且精力充沛，似乎從不倦怠。

另一方面，她的姊姊慶齡，則無法原諒妹夫，對左翼支持者與知識分子，進行長期的鎮壓。她批評宋美齡站在蔣介石那一邊，甚至有時候還參與她認為不道德的政治行動。在整個三〇年代期間，宋慶齡持續不斷批判他們的政治作為，也批評他們的婚姻。提到蔣介石對基督教產生新的興趣，她批評道：

「如果他是基督徒，那我就不是！」

若將宋慶齡的猛烈批評放在一旁，其實蔣介石也有一些不可否認的優點。他比誰都忠於家人，忠於革命導師孫中山。在回應宋慶齡與兒子蔣經國對他的批判時，蔣介石表現出極大的克制力。這幾年之中，蔣經國曾經公開將他和宋美齡烙上「法西斯軍事獨裁者」的標籤。忠心之外，蔣介石還是個真誠的人。他忠於對宋美齡母親的承諾，幾乎每天都研習聖經，自學三年之後，他在上海的家族教堂，舉辦了一個小小的洗禮儀式，正式受洗成為基督徒。此外，有好幾年時間，他忠於宋美齡，依賴她的看法，喜歡她的家庭關係，而且仰慕她迷人的風采。

這幾年之中，雷珺幾乎天天都去劇院，對外面的政治事件，大多毫不在意。直到一九三二年，十五歲的時候，她搬進劇院宿舍，才開始注意發生在生活圈之外的文化與政治事件。一離開家，她開始深切感覺到，發生在宿舍房間之外的政治事件，事實上可能對她的生存有巨大的影響。在劇院後台的房間裏，她開始注意聆聽麻將桌上的八卦消息。這些不經意的嘮嗑之言，不但有益於學打麻將，也有助於了解南京街市，乃至其他地方所發生的種種事情。

蔣介石第二次北伐的成功，為所謂共和時代，或稱為黃金十年，在南京搭建起舞台。能夠親眼目睹一座小城鎮蛻變為國際都市，真是太美好了。在這生命充滿希望與前景的時期，雷珺並不了解這年代的真正意義所在，也無法將這些事情與自己即將成年這回事聯想在一起。

三萬

第六章

新生活圈

一九三二年至一九三六年，這四年，雷珺一直住在南京戲劇院的宿舍裏。前三年，她與大她一歲，最要好的朋友蘇敏住在一起。從梳子到最私密的心事，這兩個女孩任何東西都分享共用。這段時期，雷珺練就獨立果斷的個性，並與蘇敏發展出親密的姊妹情誼，以此為友情的基石，終身不渝。每天晚上，她們都會聊一聊這一天所發生的事。雷珺剛剛進入成年期，身上帶著一股堅韌、謙遜、自信，與對生命的熱愛，綜合這些特質，使她得以在這處處戰亂頻仍的國度裏，持穩人生的方向。

蘇敏於一九三六年離開劇院，與國民黨的一位書記官周先生赴漢口定居，當時雷珺十九歲。離開南京的時候，蘇敏向雷珺保證會保持密切聯繫，並說她們再見面的日子不會太遠。

「蘇敏，妳明知道他已經有家室，還有其他女人，為什麼還答應他呢？」

「他是個好人，也很大方。我不懷疑，這是我最好的人生歸宿。我可能戲唱得比妳好，但我的信念並沒妳那麼強。」

周先生提供蘇敏自己的住處，和主樓分開，但還是在同一幢樓裏，住在同一屋簷下。周先生大多時間都和夫人、孩子住在主樓，但只要蘇敏需要什麼，他都會供應。蘇敏很滿意這樣的安排，也漸漸關心周先生一家人，最重要的是，她感激周先生給自己自由獨立的空間。當時世道紛亂，不論知或不知，人人都生死命懸一線。在這種情況下，蘇敏保持著實際而樂觀的個性，與其他的選擇比起來，她了解自己的新生活並不算差。

周先生的樓房是一幢重新翻修的晚清時期的建築，一九一一年以前，社會上並不講究一夫一妻制的家庭結構，常常幾家人住在一起。有些觀念比較新的大戶人家或名人，可能會因為周先生擁有情婦，為之側目。但在某方面來說，他這種行為，是典型當時的作風，所以大家習以為常，都對這種事睜一隻眼，閉一隻眼，並不奇怪。這時期，處處紛爭不斷，改造傳統的家庭結構，並非人們的首要之務。再說，漢口地方比南京小，比較保守，也不容易接受新觀念。

自從蘇敏抵達漢口，就派密友邀請雷珺來和她一起住。蘇敏的離去，像是一記警鐘，她知道，該考慮自己最終也必須離開劇院的事了。

雷珺：

我這兒有住的地方，甚至還為妳準備了一個小房間，妳想來和我住多久就住多久。周先生知道，如果妳過來住一陣子，我會很高興的，還讓我告訴妳，他與一些有教養的年輕人相熟，他們都想找個伴侶。

住在宿舍的四年之中，雷珺每星期都會與母親、兄弟偶爾見面，有時也會見到姊姊。他們見面的地點，是在市區邊緣的市集上，在茶館、餐館，或是甜點店裏。通常，在見面的一兩個小時之中，雷珺會了解一下家裏、店裏的近況，也會跟家人談談自己在宿舍的生活情況，說說她和蘇敏的一些趣事怪聞，這常常令他們捧腹大笑。

「有一個晚上，蘇敏和我為一小群票友表演。表演得很順利，得到熱烈的掌聲。但是，蘇敏不小心踩到我的褲角，害我差點跌倒，我們憋住不敢笑，但差點就無法演完全場。」

會面的時候，雷珺總會問起她父親。

「他現在情況怎麼樣？有沒有嘗試戒掉煙癮？」

國民黨努力販售鴉片來籌款，作為軍費，對「蘇區」共進行五次圍剿，這些地區庇護共產黨人，而且人數愈來愈多。就在那幾年，雷珺父親的鴉片煙癮失去了控制。更明確地說，南京內外民眾的鴉片煙癮，正在摧毀自己的家庭。在一九三〇至一九三二年間，雷珺父親的鴉片吸食，從工作上的應酬，演變成嚴重的癮頭，讓他失去行為能力，以至於說出迫使兩個女兒離家的話來。

問完父親的情況之後，雷珺的母親總會問她相同的問題：

「妳吃的夠不夠？出門在外，過得還好嗎？有沒有交到新朋友？」

住進宿舍三年後，在某一次會面中，雷珺提起，她遇見了一位不錯的漢口人。過去幾年，他常常來劇院走動，就慢慢結識了。他開始對雷珺產生好感，並問起她的家庭狀況。

「他問到你們，但他對飛凡和超凡特別有興趣。我告訴他，任何破損的東西，飛凡都能修好，他建議將飛凡送去飛機技術人員專門訓練學校去。然後，我告訴他，飛凡剛過十六歲，劉先生說，這樣的年齡，正是開始接受訓練的好時機。我把家裏的地址給他，他說一定會讓那所學校的校長，盡快與飛凡聯繫……。」

「孩子，那人是誰？值得信賴嗎？」

「是劉先生，他說他自己是省裏的檢察總長，住在漢口……如果可以的話，他也想幫幫超凡。我告訴他，超凡是個人見人愛，非常聰明的孩子，做啥事都出類拔萃。劉先生再次告訴我，會想辦法將超凡送到一所特別高中就讀，學校離南京不遠。」

劉先生大雷珺十五歲，是位政治明星，常常來南京洽公。身為漢口地區的省級檢察總長，他負責統合漢口與南京的司法系統。這兩個都市相距五百五十公里，當時都在國民黨的控制之下。但是，這兩個城市處於一種競爭狀態，在和國家的政治走向有關的事務上，兩套司法制度常常不一致。南京最終成為中華民國首都，而漢口則成為黨內左派的中心。劉先生的任務，就是確保漢口的司法系統，與首都南京所規範執行的一致。

一九三二至一九三五，這三年間，劉先生愈來愈常與雷珺在一起。她聰明慧黠、熱情投入，對人充滿好奇。漸漸相知之後，每當劉先生來到南京都會去劇院捧場，雷珺也會與他會面。劉先生是位熱情又老練的人，他不曾奢望，雷珺這位充滿希望的年輕女子，會對他付出情感，所以他非常殷勤，希望盡可能善待她，不辜負她。接下來六個月，在雷珺答應去漢口與他一起生活之前，他們度過一段美好的時光。然而，劉先生從來不曾提起，他在家裏還有妻室、孩子，或提起工作上的事，或是人生的信念等等。因此，雷珺以為自己是他唯一的愛，她會有一輩子的時間，來深入了解他。

劉先生知道，雷珺在劇院愈來愈不安，所以就催促她年底一同去漢口。雷珺動身前往漢口的前半年時間裏，劉先生利用他的人脈對她兩個弟弟的生涯做出安排。雷珺的幻想更加高飛遠颺，她相信自己即將離開南京，去與這位在漢口的省檢察長結婚。她幻想自己即將成為這位重要人物的妻子，過上安穩的生活。

一九三六年十一月初的某一天，雷珺將自己所有的家當，裝進那口大如櫃子的皮箱裏，走出劇院的宿舍。她寫信給蘇敏，說她即將到來。

我下星期將去漢口，見面時再告訴妳詳情。一安頓好，我就來找妳。

雷珺要離開劇院的時候，一些師長、學生和職員到大樓前面來，與她道別。家人也擠在人群後面，向她揮手道別，除了她父親之外。她跟母親說過，自己即將要搬去漢口住，但沒想到家人會來。

那星期稍早一點，劉先生來看過雷珺，告訴她說，他會安排一輛車，讓她由兩個女僕陪同到漢口去。首都的繁華，讓這兩個女僕大開眼界，她們也對雷珺的美貌與身高印象深刻，更對她能進劇院學藝，欽佩不已。由於她們這種肯定的態度的鼓舞，在八小時的旅程中，雷珺不禁幻想著，她一抵達劉家，就會受到隆重的歡迎。

到傍晚時分，車子到達劉先生家的大門時，雷珺對光明未來的期待心情，到達高點。然而，接下來十分鐘所發生的事，卻令她大失所望，這失望的心情，刻骨銘心，長達八十多年。接待她的，是劉先生的太太，她以溫和而又帶著淡淡善意的態度，將雷珺接入家中。然而，雷珺只能以幻滅來填滿期待與現實的落差。

「我先生跟我談起您，還有您的家庭。請進來吧，喝口茶，旅途勞頓，受累了。您的房間在後屋，都準備好了的。」

雷珺的肚子感到一陣噁心，這感覺只曾發生過一次，就是在五年前，她父親吸食鴉片之後，昏昏茫茫從樓上下來那一次。但是，她強作鎮定，友善地向劉太太致意。劉太太大她十五歲，是位皮膚姣好，臉龐圓潤而莊重的女士。

那晚，一家人都睡了，在那安靜無聲的房間裏，雷珺獨自承受這一切。她崩潰了，將頭埋在枕頭裏，幾乎整夜無法自制的哭泣。最終，她停止哭泣，開始快速在腦海盤算起來：明天早上該怎麼辦？她有蘇敏的地址，於是，她打算將箱子先打包好，放在門邊，再告訴劉家的人，說想去探望將近一年沒見面的一位好友，然後悄然離去。

雷珺打算向蘇敏和周先生傾訴自己的失望之情，然後請求他們的協助。這一切，都怪她會錯了意，她無法再回到劉家，也不想再與劉先生見面。周先生認識劉先生，她會請他叫個傭人，將那口小櫃子似的箱子取來。雷珺必須寄居在蘇敏的住處，直到她想好下一步該怎麼走。

第二天早上，雷珺依前一晚的計畫行事。稍稍進了早膳之後，她向僕人說要去探望一位好朋友，然後悄悄從前門溜出去，走出離劉家一公里左右，就朝著看起來像是城區的方向走來，叫了一輛人力包車，依地址引導車夫，到周公館去。

從那時起，一切都陸續按計畫展開。到了下午，雷珺就住進蘇敏屋內的小房間了。正如先前承諾的，蘇敏熱切歡迎雷珺來與她同住，那天下午傍晚時分，那口皮箱也送到房裏來了，她將箱子放在床底下。雷珺向周先生保證不會寄居太久，但他不贊同她說的話。

「別這樣說，雷珺，妳想住多久就住多久。妳在這兒，蘇敏很高興。同時，我認識一些愛國青年，想要找女伴，未來幾個月，我會介紹你們認識。」

雷珺和蘇敏再次成為室友，急切敘起舊來。比起同住在劇院的時候，現在她們可自由自在多了，也更有閒暇的工夫，所以雷珺能夠熱衷參與麻將牌局。在劇院的時候，她曾經多次向人請教，所以已經完全了解如何打牌了，於是她就開始教蘇敏玩麻將的基本規則。

接著，她姊妹倆找來周先生家的人，周太太的妹妹，還有周先生的堂弟，他們都住在這幢樓裏，也都願意加入她們的行列，日以繼夜，沒完沒了玩起麻將來了。接下來半年間，他們幾乎天天都在一起玩牌，每天至少會小聚一會，直到有人必須離開去忙事情，才會停止。每次牌局，可能連玩幾天，才能盡興，這樣漫長的過程，讓她能夠好好思考牌步，腦海裏一次次反覆回想自己的牌，並思考對方手中可能握有什麼牌。在漢口，二十歲的雷珺，變成一個熱衷麻將的玩家，而且還是個中好手。

這是一項生存技能，讓她能夠在人生的下一個階段，快速在新的城市中交到朋友，找到抒發高壓生活的管道。

從更寬廣的角度來看，經過劇院生活的種種限制之後，麻將對雷珺來說，代表著自由，使她可以從對父親的失望中、從對劉先生提供曖昧不清的訊息所導致的幻滅中，從對未來的焦慮中，解脫出來。當雷珺專注於麻將牌，琢磨著三位牌友在做何盤算時，就好像掌控了自己的命運，掌控了周遭的環境似的。

對任何事，周先生都說話算話，在半年的時間內，他邀請好幾位年輕人到家裏來，與雷珺見面，希望能有個適合她的對象。周太太讓男女雙方獨自坐在主樓客廳，好好聊聊。有一次，雷珺與一位追求者，在外面的花園裏散步了好幾個小時，但一直都沒有結果，直到一九三七年二月間，周先生邀請王大成到家裏來。

據周先生了解，這位年輕人五年前從德國回來，想找一個適合的對象。據周先生了解，雷珺將要會見的這個人，大部分時間都在南京，為一家雙語出版社工作，常常需要從事旅行活動。打從雷珺搬來與蘇敏住在一起，周先生就與王大成接觸，敦促他到家裏來作客，想介紹他認識這位有教養，又想要走進婚姻的女士。

王大成對周先生甚有好感，也信任他，敬佩他的熱心腸。王大成與雷珺見面後，便覺得自己找到了合適的伴侶，這麼一位堅強的女性，讓他可以好好從事他的工作，而不會天天問東問西，甚或懷疑他，指責他。王大成覺得自己能夠在同儕之間站穩腳跟，所以就不理會他的老闆與伙伴們，對婚姻冷言冷語的那些看法，只要他不違反保密約定，甚至對妻子也一樣保密到家，那就不成問題。

周先生對雷珺說：

「王大成是國家所看重的青年，他曾經在德國學習法律，一年之後，決定回國，現在已經回來幾年了。他德語說寫流利，將來有一天想再去德國，完成法律學位。他在南京一家中德出版社，擔任撰稿人與翻譯的工作，已經五年，他說現在想要成家了。我跟王大成說，妳是位有天賦的戲劇表演者，工作態度良好，在首都南京，是最受歡迎的年輕女性之一。我也提到妳最近很熱衷於打麻將，至於妳的美貌，不用我幫妳添油加醋、塗脂擦粉，一見到妳，他肯定會很欣賞的。」

在王大成第三次到周先生家與雷珺相見之後，他們就開始討論結婚的事兒了。當初見面時，她就覺得王大成是她想要的男人：英俊、高大、自信、有教養，只大她五歲，而且講話輕聲細語，會傾聽她的想法，不是那種蠻橫不講理的男人。在穿著上，王大成帶有那種歐洲人的講究風格，行為舉止也帶著洋氣。雷珺談起她在南京的童年生活，還有在劇院學習的情況。他倆都提到想生兒育女。他為她的容貌傾倒，也敬佩她堅強的性格，看得出來，雷珺是個強韌、獨立自主，而又沒有她的出身階級那種矯揉造作的習氣，因為那會引起人們不必要的注意。因此，王大成認為雷珺會是個完美的妻子。

好幾次，雷珺想了解王大成到底每天都做些什麼，但是每次提起這問題，她都得到類似的答案，所以並不全然滿意。然而，雷珺已經打定主意，所以，儘管他對問題東閃西躲，當下也不會讓她改變主意，她已經準備好要結婚，而且也找到自己所要的男人。

「你到底是幹啥的？」

「我從德國回來之後，就在南京的一家德文報社做事，寫寫文章，把有趣的德文作品翻譯為中文。我母親住在北京，姊姊住在上海，所以我很可能會常常跑這兩個地方。老闆希望，他要求我做什麼，我就做什麼，所以我只能聽命行事。」

一九三七年五月，雷珺與王大成在周先生家舉辦了一個小小的儀式，成親了。參加婚禮的，只有蘇敏、周先生夫婦，和兩位麻將牌友，也就是周先生的小姨子和遠房堂弟。婚禮低調而歡樂，多年後，雷珺還是覺得自己像中了獎似的。

現在，她大部分時間都住在漢口自己的小屋裏，婚後半年左右，她丈夫也鼓勵她去探望家人。

就在這一年，日本人在十一月進攻南京，造成惡名昭彰的南京大屠殺，這時候，她父母已經搬到揚州去了，哥哥永凡也去了重慶，兩位弟弟則在南京近郊上學，所以雷珺確定，家人在這場戰亂中沒有任何傷亡。

婚後第一年，很多日子，王大成都不在家，有時候，一出門就是一個星期。他總是勸雷珺盡量待在家裏。婚後幾個月，只要回到家，王大成就常常焦躁不安。剛開始，日本人轟炸北京、天津、上海，於是整個國家都高度警戒起來了。在國家遭受危難之際，如果一直質問先生的行蹤，似乎不太合適。

一九三八年前十個月，武漢成為蔣介石的國民政府臨時所在地。和南京一樣，武漢這個政府新的所在地，也位於長江邊上。正如十年前南京在她眼皮底下蛻變一樣，在武漢下轄的漢口，雷珺又經歷了短暫的盛況。但是，這一次大家都懷疑，不知道再多久，日本人就會進攻這座城市。

戰爭期間，雷珺比大多數人都能調適婚姻生活，那就是不斷打麻將。除了牌局之外，她時時刻刻盼望母親的來信，母親待在揚州的親戚家，安全無虞。

雷珺：

媽很欣慰聽到妳簡單隆重成婚了。由於目前世道險惡，我不能去參加婚禮，深感愧疚。我們已經很快賣掉了房子。我告訴妳大哥，將賣房的錢拿去，在重慶投資一家戲院，這是他一直想做的事兒。我們會在揚州妳表哥家住幾年時間。現在，妳們兄弟姊妹各奔東西，所以我也沒必要住在南京了。說不定到了新的環境，妳父親會戒掉鴉片。希望很快能見到妳丈夫，我們都很想念妳。恭喜妳，爸媽愛妳。注意安全，切記，切記。

一九三二年至一九三六年，是中華民國最好的時光，這正好與雷珺在劇院的四年時間相吻合。之後，她忙於個人事務，離開劇院、遷至漢口、搬進蘇敏的住處，與王大成結婚等等，這時中國正經歷新的發展情勢，改變了歷史的方向，特別是在一九三六年十二月，蔣介石在西安被挾持了。結果，他被迫戲劇性地改變外交政策方向。於是，自一九三七年初開始，他全神貫注，將全軍戰略，集中力量於對抗日本，而不再以攻擊共產黨與各地軍閥為政策。一九三七年七月，蔣介石對日本宣戰，接著，日本皇軍立刻加強對中國東海岸的攻勢，在北京、天津、上海等地取得決定性的勝利。日本人先進行空襲，然後以皇軍步兵，在雷珺的故鄉南京，進行大屠殺，對蔣介石與全中國來說，一九三七年在驚濤駭浪中結束了。

三萬

第七章

與強哥喝茶（台北）

「媽，我幫您把箱子推進床底下之後，就準備出門了嗎？」

「是呀，我想是的……雖然我還在生劉先生的氣。最讓我憤憤難平的，是他沒有開誠布公，告訴我他有妻室，而且屋裏還有幾個女人。」

「喔，這位劉先生，不是協助您的大弟飛凡進入訓練學校就讀，受訓成為技師，後來在空軍部隊找到一份工作嗎？」

「強哥，別開我玩笑了，我會跟你說明我為什麼生氣的……出發打麻將之前，我們先喝點茶吧。」

「好，我來泡茶，可是我們必須在十五分鐘內出門，我得進辦公室啊！」

強哥本來跪在雷珺床前幫忙弄箱子，這時站了起來，走進廚房，從架子上拿了兩個杯子，再從檯子上的鐵罐中，取出一些茶葉，各灑一些在杯裏。然後，在茶罐旁的飲水機上，將滾燙的開水注入杯子，一邊泡茶，一邊繼續說道：

「媽，我來猜猜，今天早上您為什麼會情緒起伏，一定是想到您父親的事吧，想到他怎麼會鴉片上癮，是不是？要不您怎麼會問到孩子們是否染毒？」

「嗯，實在沒道理，他好不容易成家立業，有這麼好的家庭……怎麼會如此自暴自棄……可是，你不要改變話題，我最氣的是劉先生，不是我父親吸食鴉片的問題。」

雷珺從床上拿起皮包，走進飯廳，在桌邊坐下來，將皮包放在旁邊的空椅子上，她都準備好了，只要強哥說走就走。這些話題，跟強哥以前都談過了，她知道強哥喜歡談他自己最感興趣的問題。

「您知道，我喜歡聽您說劉先生的事，他這人有趣，省裏的檢察總長，有座大宅子，在亂世中，仍然對親友仁慈又大方，我還真有點敬佩他呢。」

「如果你不是個好丈夫，我就叫我女兒好好盯著你。」

「好吧，如果不喜歡我談劉先生的事，那就談談您的第一位丈夫吧，您什麼時候知道他是情報人員？我實在不敢相信，您和他結婚時，竟然完全不知道他的底細，完全不知道他是幹啥的。」

「他對我說，他在一家雙語出版社做事，就是搞德文和中文的，而且對每個人都這麼說。我的確知道那家出版社在南京什麼地方，我以前常常從那兒經過，是個好地方，所以我認為他的工作真好。」

雷珺眼睛望著廚房，想喝口茶，好像這樣可以舒解心中最不想回憶的事情似的，然後低下頭，看了一眼放在旁邊椅子上的皮包。

「強哥，你在取笑我。不過，跟你談這些事，比在安琪或其他孩子面前談，來得容易些、自在些。只是，一段時間，我總要說說這些事兒。所以，雖然你有時候會讓我想到劉先生，但是我還是要謝謝你能當個好聽眾，你和他一樣自負。」

「媽，聽您這樣說，我真感到很榮幸。據您說的，他應該是個好人，如果不是他的話，您一家人可能無法在關鍵時刻逃出南京，我認為，是他救了你們。」

「強哥，這我知道，是我告訴你的嘛！但這並不表示他是個好人，他騙了我……」

「至於您的丈夫，幸好您毅然決然揮別過去，嫁給安琪的父親，非常明智。我想，在戰爭時間，嫁給像王大成這樣的人，日子實在不容易。不論如何，他也是個愛國人士，從德國回來，為國民黨的特勤單位做事。經過這麼多年，他都沒有向任何人洩漏他是做什麼的，或是在為誰做事，實在難以相信。」

強哥將一杯茶放在雷珺面前，走到桌子另一端，坐下來，雙手握著杯子。他們兩人就這樣面對面坐著，挑著話問，選著話講，像在演一場武打戲一樣慎重。她父親的鴉片癮、初戀的劉先生、第一次結婚嫁給情報人員，所有這些話題，在這些年，強哥都聽過無數遍了。

這些問題，強哥從安琪的姊弟那兒都聽說過，而且，每個人也多多少少對這些事情感興趣。強哥有自信，自己知道的似乎比雷珺知道的還多。儘管強哥直率的態度會刺激到她，但他們仍然會聊起這些話題。

「我當時是個單純的女孩子，很長一段時間，我都不能詢問我丈夫每天到底在做什麼，到底去哪兒。直到懷了孕，有需要了，我才覺得自己有權力可以問東探西，那時候，我才質問他為什麼不告訴我事實。直到他的老闆戴笠來看我女兒貝莎，我才明白過來。那時候貝莎才幾個月大，我才明白王大成每天都在幹啥事兒。」

「是啊，媽，這真不容易，可是他不能夠告訴您啊，他宣誓過，得保守秘密。據我了解，如果他說了，就必須死，他只是在履行他的責任，在維持他的承諾而已。」

雷珺眼睛望了旁邊椅子上的皮包一眼，似乎在提醒強哥，她隨時可以出門。他淡淡笑了笑，由衷佩服雷珺的機智。現在似乎是強哥在挑起話題了，他繼續說道：

「劉先生沒對您開誠布公，都多少年了？八十三年？還有，您和第一位丈夫，是啥時候離婚的？七十年前？」

「很久了，日子我記不清了，但感覺上沒有那麼久。」

對雷珺來說，時間是無關緊要的。打從童年以來，她生命中的一切，都是可以拆解的，然後依事情的重要性，而不是依時間順序，再重新組合起來。她常常以為，在生命中，不同時期的人互相都認識，似乎好友與家人，都應該互相賞識，好像她的濃烈情感，能夠將他們緊緊結合在一起似的。

「強哥，你記得蘇敏吧？她是個很棒的朋友，和我就像姊妹一樣親，她比任何人都了解我的煩惱。」

「我沒見過蘇敏。您到台灣不多久，她就去世了，是不是？在一九五〇年左右吧？據您對她的描述，我還真希望能夠認識她呢。妳們姊妹倆肯定在一起度過很愉快的時光吧。」

雷珺看起來有點不安，所以，強哥就將話頭引到一個新的方向，避開那些最讓她不自在的話題。

「好啦，媽，有件事我想知道。您是什麼時候開始愛好麻將的？」

「在劇院的時候，我就開始學打麻將了，但直到搬去漢口蘇敏那兒，才開始真正玩起麻將來，當時我才十九歲。」

「所以您就一直玩到現在。」

「我就玩到現在。在戰爭年代，如果沒有麻將，那我早就瘋了，因為嫁給這麼一個人，從來不說他到底在做什麼，也不交待到底天天上哪兒去。」

跟以前不一樣，近幾年，強哥比較少與雷珺爭論了，深怕有些事會令她太激動，而發生意外。

「好吧，我問您……安琪的父親是不是個好人？」

「那是，強哥，我從來不抱怨任何一個丈夫。我的第一位丈夫不應該結婚，也不該生養孩子。他從不說，我啥時候可以見到他，但他會盡可能關心我，也關心兩個孩子，算是個好人。至於安琪的父親，你知道的，他是個大好人，為人內斂、聰明，工作盡心盡力，對人忠誠，對家人很好。」

「好啦，媽，很高興聽到您這麼說。從來沒聽您對王大成有如此的評價……我說啊，您還是專心去打麻將吧！」

在這美好的早上，雷珺沒有興趣討論她的人生，這短暫的交談就此打住，她感到很滿意。

「強哥，我準備好要走了。今天已經跟你說太多秘密了，我要去打麻將了，免得那些牌友以為我病了。我的前四十個年頭過得可真辛苦啊，我這一生啊，太難了！」

說完，雷珺拾起皮包，走向門邊的矮凳，威嚴地坐了下來，穿上布鞋，思緒從過去轉向即將來臨的牌局。

「偶爾晚點到也沒什麼關係，我覺得今天我會贏，如果贏了，就帶全家出去吃大餐！」

第七章｜與強哥喝茶（台北）

三萬

第八章

情報員的一生

一九三二年，王大成抵達上海港口的時候，二十五歲的他，充滿熱情，一心想要協助國家提升國際地位。七年前，他去德國唸大學，表現優異，進入柏林的法律學校。那年德國聯邦大選，納粹黨在國會取得二百三十席，大約是全部席次的三分之一，這影響了王大成支持民族主義的狂熱情緒。然而，他也了解，在德國，由於自己是中國人的身分，如果這種趨勢持續下去的話，想要參與具有意義的社會活動，會被排除在外。但重要的是，德國的民族主義，讓王大成對自己的祖國產生光榮感。

母親一直鼓勵他留在德國，完成法律學位，但讓她感到難過的是，一年之後，他離開了德國，想在幾年之後再回來完成學位。他登上一艘駛往上海的遠洋郵輪，心中對未來的工作沒有任何頭緒。然而，在過去幾年，他與一位國民黨的官員有過聯繫，這位官員敦促他到南京來，進入政府機關服務。

買了回中國的船票之後，他就跟這位敦促他回南京的國民黨聯絡人，發了一封電報，告知他何時抵達上海。他在電報上表達說，回來後想與這位國民黨官員談一談。王大成沒有與北京的母親或上海的姊姊聯繫，也沒說他要回來的事。他想，最好是自己親自登門，當面向她們說明自己為什麼決定回來。

王大成下了客船，對祖國滿懷希望與理想，對祖國的未來充滿憧憬。一踏上土地，就有兩位招聘人員向他走來，這是那位與他聯繫的國民黨官員派來的。這兩人請王大成在港邊的飯館吃飯，接下來幾個小時之中，他們向王大成說明國民黨內新成立的一個部門。他們說，這個政府部門是最高機密，領袖與其他領導人，可以憑藉他的專業能力與德語專長，請他為對德事務提供真知灼見。

這兩位從戴笠的特務處派來的聯絡人，向王大成匯報說，他必須一直用身分掩護，必須向包括家人在內的所有人，說他在南京的一家中德出版社做事，幫忙翻譯文件，撰寫稿件，並聯繫在德國的出版銷路，還說他們會提供住的地方，會給他一把市區公寓的鑰匙，從住的地方，走路就能到出版社。事實上，王大成將為國民黨翻譯軍事手冊、匯報德國的政治情況，並為來華協助蔣介石軍隊的德國顧問，打理各項事務。

「您將要加入的單位，是政府最重要的部門之一，但是您的表現，不會得到應有的表揚，因為您的工作完全在秘密中進行，不能曝光。為我們工作的人，都是最愛國的青年男女，為了建設國家，使命必達，不計代價。您的領導，是一位極具魅力的人，是蔣委員長的親信兼保鑣。」

特務處是在一九三〇年初設立的，當時，蔣介石與宋美齡得知，在非國統區，共產黨正逐漸贏得民心，於是就想要利用宣傳機器，來強化國民黨的形象。在一般所稱的藍衣社的掩護下，蔣介石發展了幾個機構，其中兩個在雷珺的一生中扮演重要的角色。

其中的一個創舉，是新生活運動，以美國新教徒的信念，揉合當時發展於義大利與德國的法西斯的理想信念，致力向平民宣導。大約有九十條左右的新生活運動信條，宋美齡特別喜歡拿來向民眾宣傳。這些生活規範，發揚了她在美國求學期間所得到的一些觀念，也呈現了來自她對父親傳道熱忱的兒時記憶。另外一個在藍衣社的掩護下，在這時期成立，對雷珺的生命造成影響的，就是特務處。特務處雇用了她丈夫王大成，而她卻被矇在鼓裏。

與王大成會談結束之際，這兩位招聘員，將南京靠近出版社一幢公寓的鑰匙，遞交給他，算是正式成約。他們說，這當然不可能用白紙黑字寫下來，因為一旦書面文件落入不當之人手中，他們的身分就會曝露。他們還說，在未來幾天，等他安頓下來之後，新領導戴笠會找個時間來拜訪他。他們離去之後，王大成搭船沿著長江前往南京。回到中國，他心情非常興奮，而且很自豪已經找到賺錢糊口的工作。

正如那兩位招聘員所言，三天之後，太陽下山不久，戴笠悄稍從後門進入他的公寓，讓王大成大出意外。

「王大成，我是你的新老闆，未來幾個月，我會好好觀察你，看看你是不是從事這種工作的料。如果有任何疑慮，就會通知你，那你就必須立刻撤出這間公寓，只要將鑰匙留在桌上，然後忘掉你曾見過我，或見過另外那兩位先生。但是，如果你符合期待，我們就接受你加入組織，而且會一直保護你。」

他們談了半個小時，戴笠列出一些指導通則，與一份未來幾個月，甚至為期幾年的訓練期程。戴笠跟王大成說，他被蔣宋認定為最通曉語言的特務人才之一，所以未來五年，他也必須學英語。一旦入選，他們會請幾位優秀的英語教師，來教他英語。

王大成宣誓效忠蔣介石、效忠國民黨與戴笠，並向新領導保證，絕不會將工作或活動訊息透露給任何人，包括自己最親近的家人在內。王大成考慮到在北京的母親，與在上海的姊姊，認為對她們倆保密不成問題。只要對他的工作知道得愈少，她們就愈安全。而且，目前自己還沒有考慮要結婚，所以也沒有是否能對配偶保密的問題。

戴笠沒受過多少教育，所以王大成對自己的教育程度盡量保持低調。為了不讓戴笠感受到威脅，他強調的是自己的技能，也就是德語能力，在當時，這對國民黨是很有價值的。雖然他自負學習能力很強，但他不想炫耀自己的才能。談完工作的基本要點之後，戴笠目光如炬地盯著王大成看，像是想要確認，王大成對剛剛談過的事，是否完全了解。然後，他拿出一份文件與印泥。

「你確認一下文件內容，一旦同意，我們就雙雙捺下指印。」

這份文件只有兩行字：

> 本人王大成同意接受國民黨的特務工作，這是祖國至高至重的職務。本人願意直接聽命於戴笠，並永遠效忠蔣委員長與中華民國。此誓。

王大成將指印捺在文件上，戴笠也照著做。然後，戴笠將那張紙拿到水槽邊，一把火燒了。燒完，戴笠驀然轉身，朝後門走去，在出門前，又轉過身，對王大成說了最後一句話：

「最後還有一件事你必須知道，一旦特務人員被組織接受，從此聽命於我，想要退出的話，唯一的路，就是用棺材抬著出去！」

正如來時一樣，戴笠說完，就從後門悄然離開。王大成的腎上腺素驟然上升，心跳砰然加速。他注意到戴笠最後的話語，多年來，時不時會想起這句話，但在當時，他欣然擁抱新工作的挑戰與興奮的心情。最重要的是，希望戴笠與組織能夠接納他。

王大成特別喜歡自己的掩護身分，他覺得這是一份合適的工作，也是他一直嚮往的工作，和家人或其他人談起工作來，甚至還會加油添醋地描述這份虛假工作的內容。事實上，王大成時常去出版社，與老闆和員工打招呼，有時候甚至還會幫他們解決翻譯上的疑難雜症。戴笠肯定拜訪過出版社的老闆，而老闆肯定也知道內情，因為他每次都與王大成配合得天衣無縫。

幾個月後，一位特勤官將話傳給王大成，說他已完全被組織接受。

「老闆要我代他恭喜你，歡迎你。」

王大成趁機動身去看望母親，也特別去上海看姊姊，往後每一年，他都會去姊姊那住上幾個星期。自己真正的工作性質，與特務處活動的秘密，對母親與姊姊保密是毫無困難的，她們只知道，他是以自己所受的教育與德語能力在謀生的。儘管母親早先並不贊同他從法律學校休學，但也很高興兒子回祖國。回家來，她唯一抱怨的是王大成還不成親。

「我為你找個對象吧？沒有結婚是不會幸福的。我有一位朋友的女兒與你同年，也想成婚了。」

「媽，您說得對，未來幾年，我會認真考慮您的話，考慮成親的事兒。但是，我會自個找對象，不用您操這個心。」

剛接工作的前五年，是中華民國光輝的年代，在南京討生活的王大成，白天扮演雙語記者的角色，到了晚上，或是有特殊任務的時候，主要執行的任務，變成是對付共產黨。與特務處內部其他同仁談到自己的任務時，他都一再強調自己立過誓，要協助老闆戴笠與蔣委員長，將國家統一在國民黨唯一一面旗幟之下。

一九三七年，蔣介石從西安回來，同意領導統一戰線之後，特務處就被關閉了，因為當初設立這個單位的目的，是為了收集情報，來對付國內的敵人，也就是對付共產黨與各地軍閥，而現在統一戰線的目的，是為了聯合國內所有黨派與各界的力量，來對抗日本。因此，為了因應統一戰線的需要，戴笠又設立了一個新的特務機構，稱為軍事委員會調查統計局，簡稱軍統，任務目標是收集情報，對抗日本的侵略。王大成與其同僚，大多數都無縫接軌地再次受雇於這個新成立的特務部門。

打從一九二五年進入黃埔軍校起，戴笠就表現出忠於蔣介石的態度。三年之後，也就是在一九二八年，北伐期間，他查獲的情報，有助於國民黨將各地軍閥整合在統一旗幟下，由此證明自己是個幹練的特務頭子。蔣介石注意到，戴笠不僅忠心，也很冷酷，足以擔當高層級的暗殺任務。

一九三六年，蔣介石遭到張學良與另一位叛將劫持，戴笠隨同宋美齡到西安，協助解決危機，蔣對他的信任急速提升。首先，戴笠雙膝跪地，責備自己未能防犯於未然，致使委員長被脅持，並當著在場所有人的面，向蔣介石道歉，表示願意對這不幸的事件負責。此後，戴笠就成了唯一一個被允許在蔣介石身邊佩槍的人。為了回報知遇之恩，戴笠一生都忠於蔣介石，直到一九四六年死於飛機失事為止。

一九三二年，王大成開始替特務處工作，同時，雷珺也搬進劇院宿舍，與新認識的好友蘇敏住在一起。到了夜晚，兩位女孩子躺在床上的時候，時常會猜想自己未來會嫁給什麼樣的男人，過什麼樣的生活。

「蘇敏，妳知道，我希望嫁一位內斂而又聰明的男人，他必須會尊重我，能容忍我做自己的事兒，信任我有養兒持家的能力。」

「雷珺，祝妳能夠嫁給這樣的男人，過上妳所追求的生活。但是，人們所說的話，是難以相信的，有時候他們也不知道自己將來會成為什麼。我圖得是安穩，我必須知道，我所交往的人，一開始就對我完全誠實無欺，再來我就沒什麼更高的追求了。」

到了一九三七年，二十九歲的王大成不顧戴笠與國民黨的託付，決定結婚成家。再說，他自認為可以兼顧工作與家庭。當被告知不再為特務處工作，而轉為為軍統工作時，王大成抓住這個契機，挑戰特工不該結婚這項不成文的規定。正如一生中所成就的各項努力一樣，王大成也會成為一位好丈夫、好父親。母親也支持他的決定，督促他成家。

王大成與周先生是在國民黨一些會議上認識的，當時周先生並不知道王大成是位特工，但他知道，政府在涉德事務上依賴王大成的專業知識。有一次在參加會議的時候，王大成向周先生提到，說他想找位合適的女士結婚，周先生立刻邀請王大成來漢口家中作客，他答應為王大成介紹一位美麗的年輕女士，名叫雷珺。

「這位年輕女子很有才華，長得漂亮又聰明，還有，和你一樣，也渴望結婚，生兒育女。」

周先生對這兩位年輕人做了準確的評估，而他們也幾乎是一見鍾情。求完婚，他倆決定在周先生家裏低調地辦個儀式，在他們成婚前幾天，戴笠再次造訪王大成的住處。正如當初招聘王大成一樣，這次戴笠也於太陽下山後，不請自來，從後門進入廚房，坐在桌邊。王大成大吃一驚，對於結婚這件事，他一直盡可能保持低調，而戴笠竟然知道他要結婚的事。戴笠並沒有阻止他結婚，但是，他特意向這位身負重任的年輕新進人員，強調身為特工的神聖任務。

「王大成，你知道，我也喜歡女人。再說……女人還可以幫我們取得情報，是很好的幫手。但是，即使對自己所鍾愛、信任的妻子，特務人員也要凡事保密。」

「我了解，我保證對您、對蔣委員長、對國家信守諾言，絕不洩密，對我來說，這不成問題。」

談完女人與婚姻問題之後，戴笠悄然從後門離去。王大成的任務愈來愈繁重，必須到處旅行，離家的日子愈來愈久，他告訴雷珺與其他人，說南京那家出版社給他一個新職務，當旅遊記者。事實上，現在他負責的任務，是掩護東部沿海地區，在前線抗擊日本。

一九四二年，美國與英國加入中國戰場之後，國民黨與美國海軍情報官員合作，共同整合技術手段與科技，來反制日本的侵略。從這時候開始，王大成必須將高階的分析資料，提供給國民黨與美國決策人員，所以每次必須花幾星期的時間，到偏遠的內陸，在重慶歌樂山的戴笠總部工作。這項新的工作安排，在時間上來說，與他所執行的日常特務工作時間分開。由於這種雙重任務，在為戴笠工作的最初六年時間裏，王大成突然變得比往常更為焦躁不安，但仍然不曾與雷珺討論他去了哪裏，做了什麼。

戰爭期間，每一兩個月，王大成的情報工作站，就必須在南京郊區、漢口地區、上海法租界區這三個國民黨重要的據點之間，來回轉移。為了適應在三個不同城市的工作需要，王大成會依當時的工作需求，與各處的危險程度，指示雷珺，移動至這三個地方的住所。首先，他要雷珺扮成水果商販，再進行轉移，但他從來不曾向她說明，這是為了國家的利益，才要她偽裝成這樣的。

在一九三八年夏天，漢口淪陷前幾個月，有一次，王大成指示雷珺轉移到上海法租界區的住所。直到幾個月之後，她才了解到，如果不是王大成的指示，她可能會死於日本攻擊漢口的戰亂之中。也就是說，雷珺看得出，她丈夫可能知道某些戰爭的重要訊息，在這些大事情上面，他比她自己了解得多了。

在南京光輝的十年，雷珺與王大成的婚姻，再次充滿希望與熱情，這幾年的生活確實令人振奮。到了光輝十年的末端，光芒終將搖曳隱滅。打從他們的結合開始，戰爭的現實、王大成工作上的負擔、婚姻生活逐漸變成無言，這些狀況，使他們的希望與熱情，黯然無光。雷珺舉步維艱地走過生命中另一個十年，在二十至三十歲之間，她掙扎著，努力當個有活力，而又能夠支持丈夫的妻子。在那十來年的時間裏，在那四處為家的戰爭年代，如果不是對麻將的愛好，讓她能夠將注意力放在婚姻之外的事情上面，能夠在麻將桌上交友聊天，否則她真會瘋掉。

三
萬

第九章

戰爭年代的愛情

南京這個都市美好十年的成長與繁榮，即將悲慘地結束，雷珺在一九三六年十一月離開家鄉，與南京的殞落，時間上大致吻合。有時候，放大來看，人生的一齣戲，正好呼應著歷史的舞台。當雷珺在漢口與她的好友蘇敏住在一起，急著想找位合適的對象之時，國民黨的未來方向，正處於一團混沌之中。還有更多互相呼應、互相吻合的事，陸續出現。民族主義的國民黨與國際主義的共產黨人雙方共同接受聯合陣線的時間點，大約與雷珺和王大成在漢口的結合，時間上相當。他們的婚姻與國共聯合陣線一樣，也一直維持到一九四五年第二次世界大戰結束。兩者的結合，都始於熱情與承諾，而終至彼此失望。

一九三七年至一九四六年，在這時間線上所發生的種種炎涼世態，最終都掩蔽了一切，使一切黯然失色，一切歸於枉然。是的，在動亂之中，存在著雷珺與王大成的愛情故事，他們還生了兩個小孩，孩子各自也都有不凡的一生。在其他時代中，他倆的結合，可能有完好的結局，但終究，他們的婚姻並不能有始有終，繁茂昌盛，一起走完一生。

雷珺身材高挑、美麗、聰慧、機智、做事認真負責，最重要的是，她想要找個好男人成家。王大成則與時代有點格格不入，他有學識、見過世面，英俊瀟灑，對人真誠，但太理想化。他曾經有過夢想，想當一位知名的律師或是法官，想在滿清專制時代結束之後，投身於事業之中，協助中國建立完整的司法體系。在柏林法律學校學習的第一年，王大成就曾想過，有一天要找到一位有獨立個性的妻子，能夠愛他，支持他的雄心壯志。五年後，當他第一次在漢口周先生家裏見到雷珺，就認定她就是夢想中的女性。

在剛開始，有兩個問題，阻礙了這一對夫妻經營堅強的婚姻關係，之後，又無法維持幸福。第一個問題，當然就是戰爭與外界的紛亂局面，影響了他們十年的婚姻。第二個問題，就是一九三二年從德國回到中國之後，王大成就立刻全心全意投入工作。直到婚後，雷珺才知道，王大成在婚前五年就發過誓，不向任何人揭露自己的職業是什麼。

以蔣介石為代表的聯合陣線，包括國民黨的軍隊，與毛澤東的戰鬥部隊。一九三七年七月，蔣介石對日宣戰之後不久，日本皇軍便開始大規模的進攻。第一場對聯合陣線的戰役，在北京地區，靠近日本滿州大本營，或是他們所謂的滿州國附近地區展開。日軍未遭到太多抵抗，取得北方的北京與天津之後，便移師到長江口的上海。日軍決定進攻至中國投降為止。不像聯合陣線在北京和天津地區都沒打出像樣的仗，這一次，蔣介石在上海布置了最好的部隊，來抗擊日軍。

上海戰役發生在一九三七年八月至十一月，是整個中日戰爭中規模最大、最血腥的對峙場面，最後日本戰勝。雖然雙方都傷亡慘重，但是對蔣介石和國民黨來說，卻是毀滅性的，因為他們損失了百分之六十的菁英部隊，這些部隊，大多是由德國軍事顧問協助，訓練了好幾年時間，如今卻毀於一旦。蔣介石得知國民黨已經失去上海之後，就命令殘餘部隊撤退。日本陸軍陶醉於勝利之中，開始沿著長江向中國的首都南京前進，沿途姦殺擄掠。

在上海保衛戰期間，身為新娘子的雷珺那時正在漢口，招呼鄰居打麻將，而他的丈夫則經常離家在外。事後，她回想起來，當時王大成應該正在搜集情報，打探日本人下一步的作戰計畫。他比多數人還早得知日軍將沿長江進攻，逼迫中國屈服。一直到一九三八年底，當時的漢口，是相對安全的地方。那時候，雷珺大多時間仍然繼續到蘇敏那兒串門子，或與在周家認識的朋友們見面打牌。

在自己家不太寬敞的公寓裏，雷珺擺起一張小牌桌。一旦擇定三位與自己意趣相投、牌技相當的牌友，她就將前門關上，專心打牌，不但可以平靜心思，說不定還可贏點零用錢。這段期間，王大成好不容易回來一趟的時候，雷珺內心不禁納悶，他到底在做些什麼，因為他總是心煩意亂的樣子。

「大成，你上哪兒去了？你還好吧？怎麼心事重重的？」

「我還好，一直忙著寫一篇德文通訊，報導上海戰役，我目睹了許多極為殘暴的事，黃浦江的水，都被我方犧牲人員的鮮血染紅了……唉，我只能說到這兒了。」

一九三七年十二月，雷珺的故鄉南京被夷平了，而那時她定居在漢口。起先，日本空軍投下約五百顆炸彈，為地面進攻做準備，過去十年來所完成的基礎建設，大部分都被炸毀了，包括發電廠、水利工程、廣播電台與醫院等等。緊接而來的，是為期兩個星期的地面攻擊，加上進城後六個星期的暴行，在這裏，日本人呈現了人性最殘暴的一面。

一九三〇年代早期至中期，中華民國首都南京，從一個死氣沉沉的小城鎮，到一九二六年，已經蛻變成一座繁榮的國際都市，一顆閃耀的明珠。在日軍地面部隊開始攻擊之前，蔣介石已經將大部分部隊調離了，只剩下無辜的、手無寸鐵的老百姓，與少數部隊留下來，面對盛氣凌人的日本軍隊。在進城之後的六個星期之中，日本軍人毫無節制，以極其恐怖殘忍的手段，殺害了成千上萬的平民。一九三八年一月，駭人聽聞的南京大屠殺，終結了南京光輝的十年。

像是奇蹟一樣，當時雷珺的家人都已經散居各地，她自己在漢口，哥哥在重慶，姊姊與姊夫去了廣州與家人一起，兩個弟弟在南京郊區寄宿上學，父母去揚州與親戚同住，因此全家都逃過一劫。十二月七日，蔣介石與宋美齡也搭機離開南京，前往廬山。聽到日本陸軍即將進攻南京，蔣介石立即下令整個國民黨政府搬遷到漢口，而平民的身家財產，則幾乎無人捍衛。

一九三八年二月底，南京城內的暴行大致平息之後，雷珺到揚州看望她的母親，以確定母親安然無恙。再次與母親團聚之時，她立刻知道兄弟姊妹都平安無事。

「我們將房子賣掉之後，妳大哥帶著大部分錢離開。飛凡目前在南昌，在空軍部隊當全職的技術人員。我知道超凡也沒事兒，住在街底的一位朋友說，日軍到達之前，他們校長已經將整個學校從南京轉移出去了。妳大姊目前在廣州，過得還好。雷珺，妳還好嗎？大家都想要知道妳的狀況。」

「媽，我還好，只是有點孤單，因為大成大多時間都不在家。當然啦，也無從抱怨起，我在漢口交了一些朋友，還過得去。」

南京大屠殺之後，日本人繼續沿長江而上，意圖攻打國民黨位於大武漢地區的臨時總部，也就是雷珺的新家所處的地方。漢口有十個月時間免於衝突，但到了一九三八年四月，在武漢保衛戰中，日本皇軍再次複製了上海的毀滅模式，擊敗了聯合戰線，沿著長江，繼續移師而上。

又再一次，王大成比別人更早得知日本人的計畫，所以在武漢遭到攻擊的幾個星期之前，就指示雷珺遷居重慶。一知道日軍即將攻打武漢，蔣介石就著手將國民黨政府的人員與機構，都遷移至重慶。沿著長江向西北至重慶，將近一千公里的旅程，是異常堅苦的，但在這裏，周邊的山脈，終究可以提供天然的保障。因為如此，抗戰期間剩下來的日子裏，重慶一直是蔣介石的中華民國總部的所在地，稱為陪都。

儘管有重慶的大峽深谷作為天然屏障，日軍仍然維持逼迫蔣介石投降的政策目標。日軍繼續以優勢的空中武力，無情地攻擊中華民國政府，一九三九年至一九四三年期間，重慶成為歷史上遭受炸彈攻擊最嚴重的城市，受到超過二百五十次的空襲，造成成千上萬平民的死亡。

接下來的七年之中，雷珺與王大成大多時間都在重慶，但有時候也到上海、南京和漢口這三個已經被日本人占領的地方去。他們在上海法租界還擁有一套公寓，這個地方受到保護，一直保持半自主狀態，直到一九四三年被日本控制為止。

不論是出於什麼原因，只要認為雷珺必須轉移到別的地方去住，王大成就會找個她素未謀面的人，秘密前來通知。接到王大成隱密的指示，當晚，太陽下山之後，雷珺就照著丈夫的指示，打扮成水果商販，前往指示中特別安排的公寓。有時候王大成會在那兒等她，有時候要幾天之後才來與她會面。

頭幾年，對雷珺來說，這種怪異的生活方式還可以忍受，甚至有些令人興奮。若是丈夫繼續提供足夠的金錢，要她以最安全、最便利的方式旅行，她會以冒險的心情，來看待這種新的生活方式。但她一直都不知道為什麼要搬家，也不知道為什麼需要以偽裝的身分來旅行。當然啦，戰爭時期，大家只是為了保命活命而已。雷珺本能的意識到，這樣的年頭，這樣的世道，人家要她做什麼，就做什麼，不必知道得太多。

不知為了何事，王大成老是焦躁不安，雷珺觀察到這個狀況，令她變得愈來愈緊張，自己的安全問題反倒成為次要的了。

「大成，你怎麼這麼緊張？到底是怎麼回事兒？」

「沒什麼好緊張的啊！只是跟平常日子一樣，一天過一天而已，請不要一直問我這種問題了。」

王大成不能安生在家，並且仍然絕口不提自己的事。為了排解這些焦慮，不管身在何處，雷珺只好全心全意與牌友們在一起，磨練自己的麻將技巧。像是想要防衛自己，讓自己免於周遭的死亡、毀滅，與難以忍受的寂寞似的，她對麻將的熱情被點燃了，而且烈火愈燒愈旺。她珍惜麻將桌上的時光，與朋友們擺龍門陣時，什麼事都影響不了她。不僅如此，她還想出辦法，讓這些在重慶、漢口、南京與上海四個地方的伙伴們，不要一再問她去何方，為什麼去這麼久等等這樣的問題了。

為了對付周遭那些漫無目標的轟炸、無緣無故的濫殺、普遍存在的騷擾等諸多危險，雷珺還想出了創意十足的方法。她將四周環境看作是一張麻將桌，不帶情緒地東移移、西走走，正如冷靜地搬動麻將牌一樣。

這樣一來，不但能緩解自己的恐懼感，也不再為王大成可能會一去不返，而感到擔心害怕。一旦坐上麻將桌，雷珺就不再煩惱，就能暫時掌控自己的空間，搬動麻將牌，調侃其他三位牌友，這時，任何事情都侵犯不了她的權力與片刻安寧。

一九三八年夏天，南京大部分地方都被重磅炸彈所毀，包括她家，還有家裏的雜貨店，而雷珺與王大成在南京近郊的那幢公寓，位於日本占領區，卻沒有被炸毀，算是保住了。大部分仍舊居住在城牆內的平民，就像行屍走肉一般，流離失所，貧病交加，目光呆滯，像進入地獄的死人一樣。南京那些地標，曾經引領他們的生命，賦予他們共同的信念，現在大部分都毀滅了。每個南京人都經歷這樁慘劇，家人慘遭殺害，家庭與事業不復存在。在麻將桌上，雷珺喜歡撇開傷心往事，將大家的注意力引至麻將上來。雷珺發現，麻將可以提供伙伴們歡樂，能夠讓大家一天度過一天。

「謝先生，該您了，小心出牌。您出牌之後，我才要聽您講貴夫人的事兒。」

這段期間，雷珺在上海的家，是他們的四個小住處中，最國際化的。

住在上海這幢公寓時，她與來自世界各地的人互動頻繁。直到一九四三年後半年，貝莎出生後不久，王大成與雷珺一直可以住在這幢公寓，而不會被偵察到。在法租界公寓，雷珺常常與一群老國民黨的太太們打牌，其中有些是官太太，有些是高級情婦，甚至有些壓根兒就是特務人員，她常常搞不清楚她們到底是什麼身分。在這群牌友之中，雷珺是最年輕的一個，所以她不多言，只專心打牌。所有的牌搭子中，牌打得最好的，就是這群上海的太太們，光是坐下來跟她們打牌，就令人感到緊張，她竭盡所能，不犯任何錯誤，免得被淘汰掉。

雷珺以打麻將來麻痺自己的憂懼之情，對她熱衷於打牌這件事，王大成卻愈來愈覺得困擾。當他完成艱難任務回來時，又熱又累又餓，卻發現家裏沒有人，雷珺可能在鄰居家打牌。有時候他回到家，發現她在自己家的客廳作東打牌。不管是在別人家，或是在自己家打牌，王大成都不高興。儘管雷珺總會停下來，或取消牌局，然後殷勤地侍候丈夫，但她不想道歉，或真正放棄打牌的習慣。早在結婚之初，她就認定，麻將真能救她的命，讓她有事做，不為煩惱所苦。

「如果你能告訴我什麼時候回來，我就會等你，可是我從來就不清楚，你到底是出門六小時，還是六天。我想最好找點事做，才不會因為擔心你的事而瘋掉。這你可以理解，是吧？」

「我了解，但妳似乎比較喜歡麻將，而沒那麼愛我，沒那麼愛這個家。如果有了孩子，將會怎麼樣呢？雷珺，我必須常常到處移動，有時候妳也必須這樣做。為了能完成工作，也為我們的安全，妳必須照我的話做。」

雷珺漸漸明白，她是在某一齣大戲之中，扮演某一種角色。然而，年復一年，所有行動背後是什麼原因，她從來就不太確定，所以漸漸感到憂懼與厭惡。一九四二年，她懷了貝莎之後，她那原本良好的心態消失了。她想，王大成不能多花點時間陪她、支持她，尤其是女兒出生時，他又不在，這一點實在無法接受。懷了貝莎六個月時，王大成要求她從上海遷移到重慶，對他這項指示，她第一次拒絕做任何反應，她認為懷孕時不適合從事這種長途旅行，而且旅途太辛苦了。

既然如此，那麼，王大成要雷珺暫時先去上海，他姊姊在郊外有個住處。然而，看過他姊姊的公寓之後，雷珺覺得房子空間不夠大，她必須與王大成的兩個姪女共用一個小房間，自己沒有獨立空間。於是，王大成就要懷孕的妻子去北京，與母親同住，這想法也讓雷珺感到不安。北方比較寒冷，而且她擔心自己說南方話，會不受尊重，不受待見。與朋友們商議之後，她認為，自己還是獨自待在上海比較好。結果，上海這些麻將牌友太太們，變成了她唯一可以依靠的人，她們經驗老到，像媽媽一樣，懂得關心別人、保護別人。

一九四三年四月，貝莎出生後一個月左右，有一次，王大成回家，帶來了一個人，介紹說這個人是他的頂頭上司。戴笠沉默少言，但態度得體，兩眼森森地看著雷珺與女兒貝莎。

「雷珺，我叫戴笠。我跟您先生說我想來看您，也看看您的女兒。」

在麻將桌上，雷珺多次耳聞戴笠的大名，就連說出他的名字，都足以令人心生害怕，同時，在國民黨政治圈裏，他也是極受人敬畏的愛國特務頭子。聽說他面對任何人，都無所畏懼，人人都知道，他是蔣介石最信任的保鑣。謠傳說他喜歡女人，但奇怪的是，他的手很柔軟，指甲剪得很整齊，不像是個心狠手辣的特務頭子。

「長官，我很榮幸能認識您。」

「王太太，您必須立刻離開上海，法租界不安全，不能再住了。」

戴笠來一陣風，去一陣風，話一說完，就消失得無影無蹤。雷珺混身顫抖，現在一切都明白了，原來，打從結婚起，丈夫就是個特工。現在她知道，王大成為什麼必須老到處跑，而他們也必須老是東躲西藏了。突然之間，她了解王大成為什麼不能談論工作上的事了。在某方面來說，她算是得到滿意的答案，也鬆了一口氣，但也突然感到憂心不已。接下來幾天，她一直琢磨著這件事，思緒更加混亂了。

「妳早就應該到重慶了，為什麼不照我的話做呢？」

「我得照顧女娃，所以必須盡量待在一個地方，不要東移西移的。大成，我不想再過這種日子了。現在，我已經明白你是幹啥的了，我已經厭倦於擔心受怕了。」

這個對話發生於一九四三年四月間，儘管她之前反抗過丈夫的指示，但戴笠說的話，讓她了解到，必須聽從指令，離開上海。當天晚上，這個小家庭就出發前往重慶了。王大成先走，幾個小時之後，打扮成水果商販的雷珺與女娃兒也出發了。正如戴笠所警告的那樣，到了七月，曾經名聞遐邇、廣為人知的上海法租界，整個地區都被日本人完全控制了。

從上海出發兩個星期之後，雷珺與女兒貝莎就奇蹟般到了重慶，住進一間小公寓了。幾天前，王大成以單身漢的身分，不知道用了什麼手法，已經先抵達重慶了。見到扮成水果商的老婆與新生女兒的到來，王大成如釋重負，喜悅之情，難以形容。當晚，鄰居幫忙做了一頓豐盛的晚餐，他們就安安靜靜，稍事慶祝一番。不論是國族的存亡，或是家庭的安危，沒有人知道這場噩夢到底還要持續多久，動亂與災難同時降臨在群體與個人頭上，兩者的界線已經難以釐清，難以區分群我了。

在寧靜的夜晚，在炸彈與槍聲消停幾小時的時刻，雷珺的心思又回到她的指控上來，已經被騙太久了，她必須結束婚姻。現在又被自己所愛、所信任的男人欺騙了第三次，俗話說，事不過三，這次實在是太過分了。然而，戰事正酣，日常最緊要的事兒，當然是自己與女兒的生存問題。於是，雷珺與王大成的婚姻又再持續了四年。但是，事實已經愈來愈清楚了，正如對那些想維持統一戰線的人來說，他們的關係，就像俗語說的：天下沒有不散的筵席。

一九四五年八月，日本投降後不久，那條維繫國民黨與共產黨聯合陣線的脆弱繩索，也斷裂了，進而演變成全面內戰。同樣的，在這段期間，雷珺與王大成的婚姻也破裂了。接下來幾個月，在蔣介石國民黨勢力範圍內的人，都無所適從，忐忑不安，不知該為抗戰的勝利而歡欣鼓舞，還是該為即將來臨的與共產黨的新一輪衝突，而感到憂懼，因為這與對日戰爭一樣可怕。同時，雷珺三口人的小家庭，又從一個住處出發，到另一個遙遠的住處，因為她又懷孕了，她要到上海待產，並請求上回貝莎出生時，曾經幫助過她的那些朋友的協助。這一次，對於分娩時王大成是否會陪在身邊，她甚至不存任何希望。

第九章｜戰爭年代的愛情

三萬

第十章

步行赴約（台北）

十二月初，這一天大約十點半左右，氣溫異常暖和，不論晴天雨天，和往常一樣，雷珺穿上淡藍色的開襟毛衣，準備出門，大傘桶裝著五六把傘，她從中抽出自己的傘。這把傘比較結實，傘尖有個橡膠頂套，如果需要將傘當作拐杖的話，就可以用來撐住身體，而不至於滑倒，傘桶內的其他傘則是次級品，不如她這把傘那麼牢靠。像這樣的天氣，這把傘甚至還可以當作陽傘使用，免得陽光直射臉孔。

幾個小時前，強哥就已經準備好，隨時可以出門了。他手裏提著公事包和外衣，迅速跟在雷珺後面，然後將門鎖上。

「快點，強哥，趕快，我要遲到了。」

「我很高興您的幽默感又回來了。我本來還擔心，您會為劉先生的事，感到難過傷神呢。還有，您晚上怎麼回來呀？要不要我去接您？」

「不，強哥，我會請朋友走路陪我回來，你用不著擔心。」

到大樓門口時，強哥與雷珺向門房打了個招呼。門房先生常常邊看報紙，邊聽台語老歌，邊填寫樂透號碼卡，頭頂上方一支電風扇，左右一百八十度搖擺，來回吹著，但這樣溫和的氣溫，應該是用不著電風扇的。

強哥的母親已經過世了，她生長在位於上海與南京之間的南通。強哥想讓雷珺將之前的人生，與目前在台北的生活做個和解。從與雷珺聊天所了解到的事情，讓他想起母親過世得太早，他真想有更多的機會，可以探究母親的童年生活。

「媽，剛才一兩個小時，您都在研究那些早年從南京帶出來的寶貝，您這樣做，不覺得和台北這裏的生活格格不入嗎？」

雷珺看了強哥一眼，回答之前，先低下頭，留意人行道路面，然後說道：

「你聽著，戰爭年代是很恐怖的，但我總覺得這一切都不正常。我們都只求能夠生存下來，只能等待和平的到來，記得當時我是這樣想的。現在你和我所看到的，到處太平無事，世界本來就應該像這樣，不該有什麼怪異不正常的事，這不難理解，可是在戰爭時期，一切都難以理解，一切都不正常。」

強哥與雷珺停在交叉路口前，等待燈號轉綠，不一會兒，燈號變了，他們就和一群看起來大約二十來歲的年輕人，快步橫越過街道。走在這群年輕人之間，即使是強哥，看起來也像隻年代久遠的恐龍。雷珺與忠心耿耿的女婿專注看著地面，沿著忠孝東路，繼續走了兩個路口，然後右轉，由大馬路進入二四八巷，朝她好朋友的住處走來。

一離開大馬路，雷珺就重拾起剛才擱下的話頭：

「聽著，強哥，就像以前在大陸一樣，我很高興能和朋友們打麻將。我有沒有跟你說過，在戰爭期間，我東奔西跑，東躲西藏，有多麼刺激？我竟然不知道自己過的是間諜生活。當然，一發現王大成誤導我那麼多年，我感到非常失望，非常氣憤。但現在我原諒他了，他怕要是我知道任何事情，就會惹來殺身之禍。我怎能繼續與他維持婚姻關係呢？總之，打扮成水果商，從一個地方跑到另一個地方，確實很刺激。即使像之前在麻將桌上連碰四張牌，也沒這麼刺激，心臟也沒跳得這麼快。」

「媽，走路小心，我不想看到您太興奮，跌了跤……說到麻將，那時候宋美齡不是反對打麻將嗎？您與她相處時，她曾經談到過麻將的事嗎？她知道您喜歡打麻將嗎？」

「當然沒有啊，強哥，我們是不談這個的。但是，和大家一樣，我想她也是有兩面的，一面是公眾面，一面是私人面。在公開場合，她反對打麻將，也反對抽菸，但誰知道私底下她都做些什麼呢？我一向不把她這些話當回事。麻將讓我活了下來，人為了求生，找到生存之道，任何人都沒有權力批評別人。據我所知，為了減輕緊張，她常常抽菸，尤其是在戰爭年代。她告誡人們那些事，是為大家好，儘管這些年來常常有人批評她，我相信她心腸還是很好的。不管怎麼說，她對我先生和我們家很好。」

強哥心繫銀行工作上的事兒，默默無語，不太注意雷珺說些什麼。他工作的那個部門，新的管理階層今天要就職，這家企業，大體上是家國營銀行，現在行長想要執行新的民營化政策。雖然公司收益穩定，但不甚豐厚，所以，對於如何才能讓公司獲利成長，他們可能想聽聽強哥的意見。台灣經濟穩定，但再也無法像一九九〇年代時那樣令人振奮了。

即使還不到中午，台北東區已經車水馬龍了。四十年前，強哥夫妻倆買了公寓房，從那時起，東區的氣勢就一直穩定成長。那年頭，他們家那幢樓算是位於台北市的邊緣地帶，雖然稍微貴一點，但還買得起。現在，人人都認為這裏是昂貴的住宅區，是商業活動中心，對年輕人的家庭來說，這一帶的房地產高不可攀，簡直不知從何下手。

過去二、三十年來，戰後從中國大陸來的所謂外省人，像雷珺，或是強哥的父母，都認為他們只會暫住在台灣，很快就會回到大陸，結果造成他們來到台灣後大約二十年時間，都沒有購置房地產。一九七五年蔣介石逝世，不久之後，他的兒子蔣經國成為總統，三十年來被壓抑的經濟發展渴望，導致占台灣總人口四分之一的台北地區，房地產市場買賣大爆發。外省家庭已經集體了解到，他們永遠再也不會回到父祖輩的故鄉了，於是造成台北再一次蛻變。

強哥與雷珺走了一段長路，兩人都沒有說話。接著，強哥想到他母親，將原本想向母親問的一些問題，向雷珺提了出來：

「媽，您還生不生氣……我是說，氣不氣日本人、共產黨，或是像我母親那樣的人？她認為追隨汪精衛政府，才是最佳的自救救人之道。」

「強哥，如果這些年我一直懷著怨懟之心，那就活不到今天了。我每一天都面臨兩難的抉擇，到底要依本能的直覺行事，還是遵照丈夫的指示行事？到底該將孩子交給王大成的親人，自己走出婚姻，還是不管自己的失望與憂懼，留下來將就著過日子？你問的是大問題，當時我只能做自認為最好的決定……前四十年實在是太難了，但到頭來，我的命還是可以的。整體來說，我的一生非常艱辛。我不願意到了晚年，還要去想誰好誰壞，誰對誰錯……但是，一些小事還是困擾著我，就是那些我最在乎的人，竟然對我做出那些事兒。我還是對我父親的事，與劉先生騙我的事，有點兒耿耿於懷。」

「是的，媽，我確實能夠理解。抱歉問您這些難以回答的問題。」

「強哥，我要去打麻將了，真是太高興了。我覺得今天可能會贏喔。」

「可是，您還是對劉先生懷恨在心？」

「不是懷恨，強哥，你這樣說，就太激烈、太極端了，我曾經愛過那個人……總之，是該放手了。」

還要再十分鐘，強哥與雷珺才能到辜太太家的公寓樓。氣溫合宜，但陽光曬得有點兒熱。宛如宗教團體的教徒聚集在一起朝聖一樣，台北這一區吸引著四面八方最美的人兒，尤其在傍晚時分，不論老少，都聚集到這幾條街道來，爭奇鬥豔，準備來撿名牌服飾大減價的便宜，這是台北最有活力、最令人興奮的時刻。

一九四九年之後，在這附近，價格公道的高級餐廳櫛比鱗次，門庭若市，尤其是距離東區不遠的信義區。代表全中國各種菜色的館子，到處都是，尤其是來自國民黨曾經統治過的地方：江浙菜、上海菜、四川菜、雲南菜等等。現在，這些餐館還在這附近，但是，成功的店家傳承給後輩之後，為了迎合不斷改變的口味，接手的新一代，將原本純粹的家鄉菜在地化了。

現在，強哥與雷珺來到了距離辜家的最後一個路口。辜家在此定居了五十個年頭。過去十年來，辜曉瑛一直是雷珺最要好的朋友。目前她九十歲，一頭銀髮，沒有雷珺那麼高，即使已經九十高齡，卻仍然健步如飛，顯示相對比較年輕一些。

他們在早上十點五十分到達辜太太家，這樣，正好讓強哥有足夠的時間，可以叫輛計程車去銀行，參加十一點的會議。

「強哥，你是個好人。劉先生可能也是個好人。謝謝你陪我走路過來。」

「媽，回頭家裏見。希望您贏牌，帶我們全家出去吃飯。這回我可要挑一家昂貴的餐廳喔，您一直說要帶我們去，可一直沒去成。」

他確認雷珺在電梯前面好好站著，然後才快速回到街上來，招呼計程車，去銀行上班。雷珺背對著強哥，背對著街道，專心等著電梯到來，尋思著，到時候朋友們調侃她遲到，她該說什麼。

三萬

第十一章

覺醒與希望的微光

缺乏互信，摧毀了國民黨與共產黨的聯合關係。一九二六年至一九三七年間，太多的流血與互相算計，使他們在一九三七年剛開始合作之時，就問題不斷。某一場戰役，到底該是蔣介石的軍隊，還是毛澤東的部隊去打呢？在對日抗戰的前線作戰，誰的軍隊比較投入，犧牲較多？這一類的問題，層出不窮。折磨人的戰爭一年一年過去，相互的不信任，使合作關係愈來愈困難，蔣毛彼此無法信任，難以將恩怨翻頁，重新來過。

實際上，聯合陣線本來就是個你不情、我不願的合作關係，是蔣介石在一九三六年被挾持之後，經過調停，在槍口下被迫改變政策的結果。被劫持後，蔣介石協商與毛澤東的合作條件，最後形成聯合陣線，雙方認同一件事，那就是日本確實對全中國構成威脅。所以，在歷史的某一時刻，他們相互間的不信任，被渴望拯救國家的共同願望所取代了。

以前，蔣介石總是稱毛澤東與其黨徒為共匪，而且不相信他們會真心接受合作關係。他對共產黨的不信任，從一開始就得到了證實，因為蔣介石大量的軍隊勇往直前，對日作戰，犧牲慘重，遠勝毛澤東的部隊所做出的犧牲。再說，毛澤東持續加強宣傳，並從鄉村招募農民入伍從軍，然而，根據國共合作的協議，這種招募活動是不被允許的。

毛澤東與共產黨人，也有對聯合陣線深感不可信任的理由。過去十年，蔣介石一直想方設法，要消滅毛澤東與他的武裝部隊，這個事實令人難以釋懷，難以原諒。不幸，到了一九四一年，毛澤東對國黨的不信任，在安徽省境內所發生的事件，得到證實。毛澤東的新四軍共有九千名人員，被國民黨的軍隊包圍，國民黨大規模的所謂友軍炮火，毫不費力就殺了七千人。蔣介石沒有表示遺憾，也沒有表達哀悼之意。國民黨對共產黨軍隊的大屠殺，藉口是因為毛澤東的部隊抗命，不接受指揮。

一九四五年八月十五日，美國陸續在廣島與長崎投下原子彈，蘇聯立刻對日本宣戰，日本天皇向同盟國主要的成員國中國、美國、大英帝國與蘇聯投降。中國人英勇抗戰了這麼久，對那些參與戰鬥的人來說，這原本該是件令人歡欣鼓舞的事。或許對蔣介石與宋美齡，以及一些支持者來說，勝利的到來，在某個短暫的時刻，也曾經令他們欣喜不已。但宣布勝利不久，新的戰鼓之聲，已經在遠方響起。

由於對日戰爭的終結，在國民黨勢力範圍內，人們短暫地鬆了一口氣，但對宿敵共產黨一觸即發的怨恨，幾乎馬上取代了歡樂輕鬆的氣氛。

抗戰最後一年，在表面上，雖然國共還維持著聯合陣線的關係，但雙方已經失去了最後一絲互信與同仇敵愾的情誼，戰爭結束後，開始轉變成撕破互相合作的虛偽面具，完全顯露出彼此的敵意與仇恨。

同時，在雷珺家裏，戰爭的結束，應該使夫妻關係進入光明的新階段，可能一份鄭重的道歉，甚至移居到海外，一家人就可以開始重新生活。王大成可能曾經向長官據理力爭，任務已經完成，他想要退出，想要過簡單的生活。人人都會認為，王大成為特務機關所做的那些工作，現在已經事過境遷，不需要再做了。

然而，王大成並沒有放下工作，不但如此，工作量似乎反而更重了，他變得比以往更為焦慮不安。一九四六年三月，他的頂頭上司，特務頭子戴笠去世，說不定當時他還有退出特務生涯的機會。然而，不論是對日敵意的結束，還是戴笠的死亡，都無法平復他的心情。

「大成，戰爭結束了，任務也完成了，你為什麼還成天魂不守舍？」

「我老闆死了。」

「怎麼回事兒？」

「報紙上說，陰雨氣候，天氣狀況太差，他乘坐的小飛機失事了。

可是，我在懷疑，是那些人要了他的命。」

「聽到這件事，真令人難過。不過，這也表示你可以離開特務機關了，不是嗎？」

「事情很複雜，我不想連累妳。表面上，戰爭已經結束了，可是在背後，國家的挑戰反而更艱鉅了，賭注更高了。雷珺，我比以往還要害怕，現在他死了，聯絡線斷了，我不知道到底誰是敵，誰是友。如果他還活著，至少我還覺得安全些，因為他會在背後保護我。」

這段交談過後幾個星期，當時雷珺已經懷孕六個月，常常安排在上海朋友家中，與一些太太們打麻將。她雇用一個幫手，在她不在的時候，幫忙照顧貝莎幾個小時。有一次，她在鄰居家打完麻將回來，詫異地發現王大成在家裏，貝莎在角落的墊子上睡著了，雷珺轉身看著丈夫，發現他極為激動不安。當他們坐在床邊，準備就寢時，雷珺說道：

「大成，我再也受不了這種焦慮、這種煎熬了。自從十年前結婚以來，我日日夜夜生活在恐懼之中。」

「我很抱歉，讓妳受苦了。可是，現在我也感到很不安，很害怕啊！」

雷珺看著王大成的臉，他面無血色，蒼白憔悴，左手輕輕握著鑰匙，不能自制地發抖，鑰匙在他手中，叮噹作響。他右手放在床沿，雷珺的眼神，順著他右手的方向，一條直線望去，將視線引向他的枕頭那邊，枕頭下方露出冰冷冷的一個槍頭。雷珺突然走過來，翻開枕頭，一支手槍露了出來，雷珺指責道：

「你讓我和那把槍同睡一張床？況且娃兒也在房裏！」

王大成沉默無語，雙手不斷哆嗦。

「請你把槍拿走，我實在受不了了，這樣的日子我過不下去了！」

現在，雷珺的難處，比十五歲時她父親的行為，或十九歲時與劉先生的那件事，更加複雜、更加微妙。前面那兩件事涉及到她所愛、但無法再容忍的男人，所以她只好打包走人。現在，她無法像十九歲在漢口時一樣，將箱子打包，隔天早上就走人，到最要好的朋友家中借住。目前，她必須考慮到女娃，所以，這一次她肯定得謹慎行事。不像以前那兩件令她失望的事，讓她覺得心灰意冷，噁心厭惡，這次她感到高度警覺，覺得必須趕快採取行動。

接下來個把月，有好幾次，他們夫妻倆又回到戴笠死亡的問題上來，也談及這件事可能對王大成造成的牽連。王大成想盡辦法，想要了解戴笠是怎麼死亡的。

「我想知道飛機是否被共產黨破壞了，或是美國人幹的？甚或可能是國民黨內討厭他的人幹的？我知道他在孔宋集團中，站錯了邊。如果我老闆是被殺的，那他們會不會也會追殺我呢？那妳和貝莎就有生命危險了。」

雷珺盡量對他說的話做出反應，好像王大成是在跟她說話一樣，雖然她不太確定是不是這樣，還是他在自言自語。

「那麼，雖然日本人已經投降，雖然老闆已經死了，你已經可以從特務機關解脫了，但是你仍然感到恐懼、感到害怕？」

王大成的手一直發抖，而且抖得更厲害了。雷珺不知道他在尋思什麼詭計，或是保留什麼事，沒有將重要的訊息告訴她，這些訊息，說不定可以說明他近來為何如此憂慮。她知道，王大成現在所處的狀況，肯定會讓他疑神疑鬼。就像往常無數次一樣，這些日子以來，她試著以愛心讓他冷靜下來。

「大成，戴笠可能不是被人害死的。飛機失事那天晚上，陰霧瀰漫，風雨交加，天氣不好的時候，那種小飛機常常會出事，況且……可能根本沒有人在追殺你，你大可從中解脫出來，戰爭已經結束了啊！」

儘管她做了努力，也尊重他，但從那時起，雷珺再也無法恢復對他的感情，無法修復她的婚姻。長久以來，他們之間的信任與善意，已經油盡燈枯了，王大成了解到，分手的事，雷珺是認真的。

「我媽可以幫忙照顧貝莎一陣子。當然，妳也知道，我對妳也有不滿的地方。妳太沉迷於麻將，無法好好照顧孩子，當個好媽媽。妳應該了解，以前我一直無法向妳開誠布公……我真的沒辦法。將來有一天，我要回德國去完成法律學位。」

「嗯，我很高興你考慮離開特務機關。」

「遠在我遇到妳之前，當我接受這份工作時，戴笠告訴我，說我無法活著離開他的組織，他的話，我不以為意，一直到最近，我才開始感到困擾。自從日本投降以來，我一直對他講的話感到憤慨。現在他已經死了，我感到很茫然。不知道組織上是否有人可以維持他的承諾？……不論如何，我已經發一封電報到北京給我媽，讓她知道，妳生完第二胎之後，一旦可以動身，我們很快就會上她那兒去。我跟母親說，妳是個好女人，但是我們還是得分開。我也對組織說了同樣的話。所以，到北京之後，我倆必須一起去與國民黨的一些人員見個面。」

雷珺沒有異議，他們倆達成共識，默默努力了這麼多年，但很明顯的，現在他們的關係，是通往分離的道路。至於孩子的監護問題，雷珺同意兩個孩子最好由婆婆來照顧。王大成母親家有幫傭，在這節骨眼上，正好可以協助照料，而雷珺也打算定時去探望兩個孩子。

幾個月之後，一九四六年七月，雷珺在上海生了個俊秀的男娃，取名叫濤立。就像貝莎出生時一樣，這次孩子出生當天，王大成也不在，而且過了兩星期之後才回來。日本投降之後，雷珺以前的一些牌友，就是那些太太們，陸續回到法租界區。生產期間，她們陪著她，安慰她。濤立出生時候，貝莎已經夠大了，可以在房間裏跑來跑去，跑進跑出地玩著，她似乎知道家裏發生了什麼大事。

雷珺漸漸恢復體力，是可以從上海去北京的時候了，夫妻倆就出發去王大成母親家，位於北京近郊的鄉下地方。到達北京的第二天，把兩個孩子交給王大成的母親之後，他們就去國民黨官員秘密居住的房子。那是一幢不起眼的傳統老房子，院子很大，在距離皇宮紫禁城約三公里的地方。

「為什麼必須和國民黨的人見面呢？」

「他們想要確認，我們離婚之後，妳不會出賣黨。妳可能不自覺，跟我結婚，就等於知道了很多政府的事情了。」

「我對國民黨沒意見。」

「跟我講沒有用，妳告訴他們吧。」

他們被帶進一個像是地下室的地方，空間很大，從一扇掩門，進入一間裝修得相當不錯的客廳，裏面有三男一女，都沒說明他們是什麼身分。一陣靜默之後，其中一位男士說話了。

「王幹員向我們報告，說他想要離婚，對國民黨來說，這是件很敏感的事情，因為你們已經結婚這麼久了，您可能知道一些國家機密。王幹員在已故的戴笠將軍底下做事，一向表現出色，堪稱楷模。據我們所知，您一直是他的賢內助。他說他從來不曾對您提到過日常工作上的事，是這樣嗎？」

「是的，沒錯。」

「您才第一次知道他是國民黨的特工，是戴笠到你們上海家拜訪的時候，對不對？」

「是的，沒錯。」

「好啦，現在你們已經離婚了，還是祝福你們。現在到處都不安全，小心為要。王幹員，你可以走了，我們還要和雷珺女士談一談。」

那是雷珺最後一次看到貝莎和濤立的父親，她的前夫王大成。他被送出門後，那幾位國民黨的人繼續與雷珺閒聊家常，給她上茶，詢問她的家庭背景和出身。其中一位男士，神情內斂而親切，雷珺看著他時，他總是面帶微笑，令她印象深刻。雷珺才剛過三十歲，這位男士看起來比她稍微大一點兒。那位最年長的男士說道：

「雷珺女士，我們想知道您對國民黨有什麼看法。」

「我喜歡國民黨。記得十一歲的時候，我見過宋美齡到南京時的車隊。我對政府沒什麼可抱怨的，只是，我無法與對我不坦率誠實的人過日子，我不想成天擔心受怕。」

「這我們能理解，大家都累了，戰爭讓大家受了苦，都不容易。既然您提到蔣宋二位領袖，我們想向您介紹這位年輕的丁先生，他與家人和總統以及夫人都相識，說不定以後你們倆可以互相認識認識，熟悉熟悉。」

剛才那位一直對著她微笑、神情內斂的年輕男士，還是沒有和雷珺說話，只是誠懇點頭微笑。

然後，雷珺就被帶了出去，但不知道自己身在何處。當她又回到街上來的時候，突然意識到自己目前的處境，驀然之間，一記生活的沉重感，向她襲來。現在她離了婚，兒女由前夫的母親照料。雖然現在錢夠用，還有一些錢放在上海的箱子裏，但必須省著花。她一邊啜泣，一邊沿著街道走下去，難過得不知道該往哪裏去。悲傷、自責、罪惡感，以及一股挫敗感，將她壓垮了。但奇怪的是，在漫無目標地遊蕩了一個小時之後，她突然覺得如釋重負，腳步輕盈，身體動作本能地展現出一絲希望的感覺。

那是在一九四六年年尾，接下來三年時間裏，雷珺每隔一星期，都會上北京王大成母親那兒，探望孩子。其他時間，她經常到上海去，和超凡一起住。雖然長途旅行比較危險，但她也去重慶好幾次，探望飛凡。他們兄弟倆都給予她精神上的支持，讓她適應單身生活，並且考慮離開中國大陸。

在戰爭中，王大成耗盡了精力，戰後又唯恐大難臨頭，對於自己失去家庭，反而不太在意。相反的，他很快又和一位年輕女子結婚了，他認為這個女人可以照顧貝莎和濤立。現在他與母親必須對孩子負責，幾個月後，他的新婚妻子蘭芳懷孕了，搬來北京與他母親同住。日子長了，漸漸就看出來，蘭芳的到來，讓本來就困難的家庭狀況，變得更加複雜了，對王大成這樣的安排，她深感不滿。

在永遠離開中國大陸之前一個月，雷珺終於在王大成母親家，見到了蘭芳。這次見面之後，她放棄了本來就渺茫的復合希望。

「雷珺，我兒子已經再婚了。這是蘭芳，我很高興妳們可以互相往來，她已經懷上了，將來妳們的孩子會一起長大成人。」

知道王大成有了新婚妻子之後，雷珺確定自己當初要求離婚是對的，現在她必須盡力斷絕過去，重新開始。現在，站在王大成的新婚妻子面前，她不禁回想起當年十九歲時，第一次見到那位魅力十足的劉太太時，那個情景。就像十幾年前，在漢口劉先生的大宅院前一樣，現在，雷珺堅強地站在王大成的新婚妻子面前，謹慎尋思著如何擺脫目前的困境。

最後一次去探訪時，因為不知道還能再見到孩子幾次，所以雷珺花了幾個小時，陪著他們。

「媽媽，我們現在怎麼不跟妳和爸爸住在一起了？」

「貝莎，一切都是命。我也很想念妳啊，寶貝，」

「一切都是命？什麼意思啊？聽不懂。」

「聽不懂就算了。貝莎，要好好照顧弟弟，妳很快就會再有個小弟弟或小妹妹了。」

想到王大成這位年輕的新妻子，可能會負責任地照料貝莎和濤立，以及她自己的孩子，因此，對自己所失去的，雷珺的痛苦與怨懟，也就緩和許多了。蘭芳可能會是個負責任的好母親，就像她自己一樣，但現在的情況，已經不允許她再扮演這個角色了。

一離開王大成母親家，雷珺就給弟弟飛凡打了電報，他在重慶空軍維修廠工作，所以能夠協助她離開中國大陸。

弟弟，你說得對，我必須離開大陸，請替我安排。

雷珺。

雷珺打完電報給在重慶的弟弟，表達她要搭飛機去台灣之後，開始夢想著，在批准她離婚的那四位國民黨人之中，她可能會在台灣遇見其中某一位。在北京那場短暫的會晤中，她對他們的面相特別感興趣，所以就仔細觀察他們額頭的形狀、眉毛的濃度、耳朵的大小等等。希望未來某一天，在某個地方，還能認出他們。世事難料，誰知道？說不準她會有機會，可以促使他們說說整個情況到底是怎麼一回事，譬如：說說她前夫到底都幹了些什麼事等等。

自己和王大成在婚姻期間所忍受的那些事情，雷珺需要有人來幫她分析，也渴望有人可以告訴她更多關於王大成工作上的細節，以及這些年來，他到底為國家和國民黨做了哪些貢獻？可以確定的是，如果再見到其中任何一位，她會鼓起勇氣來，和他們談一談，尤其是那位內斂又帶著微笑的年輕男士。這個想法，是她在那痛苦的最後幾天時間裏，所擁有的小小希望。現在，政府正在分崩離析，她被迫與孩子們分離，投向不可知的未來。

在北京國民黨那處秘密據點，最後一次告別雷珺。兩年之後，王大成在上海街上，突然被四位不明身分的人綁架走了。和他走在一起的一位朋友，卻全身而退，立刻就將這件事告知他的母親，和他的新婚妻子蘭芳。這件和前夫有關的事件，使雷珺和王大成母親家更加疏遠了，好像和她沾上關係，是一種不祥之兆似的。

後來，還不到一年時間，在一九四九年十月，正如當初神秘般失蹤一樣，王大成又活生生地出現了。經過十一個月的嚴刑拷問之後，他讓綁架他的共產黨人信服，他的情報工作，是針對日本人，不是針對他們。

被釋放之後，王大成立刻回北京去看望自己新成立的家庭。回到家時，他又沮喪又恐懼，但是立刻宣布，說他自己和懷了孕的妻子，還有兩個孩子，明天必須馬上動身去香港。王大成攜家帶眷，與再婚妻子帶著兩個孩子離開中國大陸，前往香港的時候，雷珺已經在台灣安頓下來了。

王大成獲釋前幾個星期，雷珺最後一次探望孩子，然後就動身前往重慶，路途遙遠，充滿險阻。她在重慶登上弟弟飛凡所安排的軍用飛機。

雷珺打了電報後，不久就接到飛凡保證為她弄一個軍機位子。超凡也要求飛凡為他安排位子。超凡比誰都了解國民黨完全處於劣勢，一九四九年夏天，雷珺去上海的時候，曾經與超凡討論去台灣的事兒。

「我們到台灣去，與國民黨的弟兄姊妹在一起，伺機光復大陸。姊，我只知道，去那裏比較安全，不要想太多，我倆這樣做是對的。我會比妳早去幾個星期，會幫妳準備地方，到時候和我一起住。」

就算是後見之明吧，但是，國民黨在中國大陸的命運，在戰爭結束之前，早就有目共睹了。一九四四年，抗日戰爭結束前一年，日軍在中國內地發動了盛大攻勢，從北打到南，從北京打到香港。這場名為「一號作戰」的攻勢，雖然對戰爭最後的結果，並沒有產生影響，然而，卻削弱了民國黨在鄉村地區的勢力，致使共產黨在表面上遵守聯合陣線的掩護下，得以順勢在鄉村地區擴張勢力範圍。共產黨首領毛澤東提出土地改革政策，在鄉村地區的窮苦大眾之中，成功呈現希望的訊息。他向沒有土地、難以溫飽的農民保證，一旦戰爭取得勝利，就會分田地讓他們耕種。

在蔣介石領導下的中華民國所控制的地區，一樣的農民，卻精疲力盡，士氣低落。他們漸漸將民族主義的國民黨軍人視為一群殘暴、無能，而又腐敗之輩。在國民黨勢力範圍下的東海岸地區，整體經濟陷入困境。國家貨幣超量印製，造成通貨急驟膨漲，物價天天節節高升。宋美齡的姊夫，也就是宋藹齡的丈夫，時任財政部長的孔祥熙，在蔣介石的指示下，以現金償還債務，再印發新鈔，來購置軍火。一九四六年底，大約有九兆圓在社會上流通，兩年後，一九四八年八月，通貨已經膨脹到七百兆圓了。

第二次世界大戰結束後幾個月，美國總統杜魯門派遣特使馬歇爾，偕同夫人凱薩琳，駐節重慶，目的是調和民族主義的國民黨與國際主義的共產黨。他們住在蔣介石與宋美齡的寓所隔壁，但馬歇爾經常前往延安，拜訪共產黨總部。

如果不是在延安與毛澤東或共產黨其他領導人見面談話，這位美國名將幾乎每天晚上都會偕同夫人凱薩琳，與蔣介石、宋美齡一起用餐。正如過去二十年來無數次接待外國政要一樣，宋美齡也讓馬歇爾夫婦盡興而歸。然而，新的事實擺在眼前，蔣介石與宋美齡已經逐漸失去對中國的控制力了。因此，對宋美齡來說，這些親密的晚宴，標誌著一個時代的結束，她那曾經在世界上號稱「中國女王」的地位正在消失，而蔣介石在戰爭中消耗殆盡，沒有實際的計畫，也沒有能力取得和平，在鄉村地區，國民黨正在快速失去支持。

同盟國對日戰爭取得勝利後，蔣氏夫婦與國民黨本來應該得到更多的榮耀，但他們於一九四五年至一九四九年間，顯得無能，或沒有意願在戰後建立和平局面。一九四七年一月，馬歇爾離開中國，承認他的和平調停失敗。以往來自於美國與世界各國，對民族主義的國民黨的追捧，立刻變得聲名狼藉。在當時的新聞界、文化界與政治圈，漸漸形成一群持懷疑態度的人，同聲唱和，懷疑蔣介石有足夠的能力統治中國。宋美齡的心情，從勝利頂峰跌入絕望深谷。令人好奇的是，在國共內戰期間，表面上，美國與英國是支持國民黨的，儘管他們對蔣介石的領導能力深懷疑慮。

在一九四七年至一九四九年間，國共內戰如火如荼，而東北地區的戰況尤為慘烈。日軍撤退，在這裏造成權力真空，留下大量的工業設施與武器。根據日本投降條款，日軍受命必須將所有財產移交給國民黨，而不是共產黨。然而，蔣介石在東北地區沒有多少軍隊，所以大部分工業設備，都被運往蘇聯去了。日本人留下來的武器，也大部分落入蘇聯之手，進而轉交給中共，而不是交給國民黨。

這樣一來，在一九四七年，毛澤東就能將國民黨軍隊趕出東北地區與中國北部，為在接下來的兩年之中，能夠有條不紊地征服中國各地架設好舞台。共軍在這幾年快速成長的原因不一，國民黨經常虐待徵召來的士兵，往往造成他們變節棄義。與此同時，成千上萬的失根農民，對土地改革充滿無限希望，甚至熱情洋溢，拿起槍桿子，跟著共產黨幹革命。

似乎是預告國民黨政權即將垮台，宋美齡在一九四八年十一月底離開中國，待在美國，直到一九五〇年蔣介石在台灣建立政府為止。一九四九年一月二十一日，蔣介石宣布辭去中華民國總統職務，雷珺的故鄉，國民政府的首都南京，也於同年四月二十四日淪陷於共產黨手中，標誌著中華民國在大陸的傾覆。重慶在十一月三十日陷落，而毛澤東已於十月一日在北京宣布建立中華人民共和國。當時，蔣介石與他的政府官員，還有約兩百萬忠於國民黨的軍民，已經撤退到台灣島。從一開始，蔣介石就堅持說，在台灣的中華民國，才是真正的中國，因為他自認為寶島台灣是由合法的政府所統治的。

宋美齡在一九四八年十一月底離開中國，象徵國民黨在大陸無可避免的失敗。儘管蔣介石一再敦促她回來支持他，支持國家，但宋美齡還是在她大姊宋藹齡位於紐約的寓所，居住了將近兩年，直到一九五〇年，才重新與她的丈夫團圓，這一次不是在重慶，也不是在南京，而是在台灣。

三萬

第十二章

麻將桌上

（台北）

強哥在電梯前與丈母娘道別，雷珺會搭電梯到五樓辜太太的家。通常她寧可慢慢步行，走五層樓梯上來。可是，今天她遲到了，所以就等待這緩慢的電梯，搖搖晃晃地及時將她送到辜曉瑛家前門，由於門半掩著，所以她就從從容容地進入了公寓，脫掉外套，掛在衣架上，將雨傘放進門邊圓柱形的陶桶中，桶裏還裝著其他的傘。最後，她脫掉鞋子，改穿室內拖鞋，辜太太特別為她在鞋架上預備了擺放拖鞋的位置。

雷珺與辜曉瑛見了面，開心微笑，輕輕地互相擁抱了一下。過去十年來，辜太太已經變成像是雷珺的姊妹，就像在劇院那四年，蘇敏填補了她姊姊的角色一樣。辜太太比雷珺小十一歲，是在重慶出生長大的，十歲的時候，目睹家鄉變成國民政府所在地。她記得國民黨急匆匆地來到重慶，而且，似乎好像在一夕之間，就建造了這座都市。那一年二月間，日本人開始空襲，持續轟炸了五年，至今她還會做這噩夢。日本空軍空襲重慶，比轟炸北京、天津、上海、南京與武漢還要來得兇猛。

十八歲時，辜太太嫁給國民黨空軍的一位年輕軍官，三年後，也就是一九四九年，他把她帶來台灣。他們相依為命，近六十個年頭，生養了兩個孩子，直到他於十年前逝世。丈夫死後，八十歲的辜太太在雷珺身上找到心靈的伴侶。她倆都喜歡麻將，也享受美食與友誼。兩人各別都有絕佳的幽默感，也都能領會在大陸時期，戰爭的恐怖影響每個人的命運這件事。

「我們一直在等您啊，雷奶奶，我們都準備去您那兒，看看您是否平安無事呢。」

「抱歉，我遲到了。今天早上我回想起往事，把我那些收藏品好好檢查了一遍，還和我女婿強哥抬槓了一會兒。」

這房間四周擺著六張舒適的椅子，椅子上放著鬆軟的靠枕，雷珺找了一張椅子坐下。房間中央有一張牌桌和一副麻將。就像是慣常的儀式一樣，每一次，不論多晚才開牌，她們總要坐在一起，先聊一陣子，然後再開始打牌。辜太太在雷珺旁邊坐了下來，女傭向她奉上一杯茶。

金太太與謝太太是好友，兩人相對來說都很年輕。金太太只有八十歲，而謝太太六十八歲，比雷珺最小的女兒安琪大不了幾歲。雷珺遲到超過一個小時，金太太和謝太太都沒有因此受到影響，她倆有很多話可聊呢。兩位太太正聊得眉飛色舞，見雷珺來了，就收拾起話題，轉過身來。謝太太以濃濃的江西口音說道：

「雷奶奶，什麼事耽擱那麼久呀？我們以為您忘了今天要打牌呢。還有，我們正在談您以前的事兒，說說看，您是怎麼認識後來的丈夫，就是那位我們尊敬的丁先生的。」

「別再調侃我了，我沒忘記今天有牌局，只是跟女婿抬槓了一下。他老是幫劉先生說話，就是在十九歲的時候，把我從劇院帶到漢口的那一位劉先生。強哥不認識劉先生，但他們有很多相似之處，他倆都有點兒自負。」

金太太很了解雷珺，知道她接下來就會變得憤憤不平，於是說道：

「雷奶奶，強哥對您很好呀，這您是知道的。我從來沒見過哪個當女婿的，這麼體貼老人家。您女兒嫁得好啊，您看看，我們都羨慕您呢。」

「嗯，強哥是個好人，但是他老惹我生氣。當時我在檢查紀念品……算了，抱歉啊，我遲到了，我們玩牌吧。妳們今天得小心點，我覺得我會大贏一把。」

「雷奶奶，這才像話，您精氣神可都回來了。都快一百零三歲了，還是雄心壯志，想贏我們錢，您老太厲害了！」

過去幾年，牌局主要是由辜曉瑛作東。辜先生過世後，留給她一大筆錢。她的兒女都住在同一幢樓，而且常常提醒她錢多，對朋友可不能小氣，要慷慨大方。她二十五歲的孫女已經有個兩歲半的兒子，她們專心打牌的時候，這小娃常常跑來跑去，跑進跑出，一忽兒嚇她們一跳，一忽兒又帶給她們無限樂趣，著實可愛。

辜太太手藝好，她現在最大的樂趣，是為麻將餐會定菜單。她將自己最喜歡的菜色都教給幫傭，讓她們做。但是，有時候，辜太太也會依當天的菜色主軸，到特色餐廳去拿幾道菜回來搭配。今天早上，她想讓牌搭子們嚐嚐川菜，其中兩道菜在家裏做，由她監廚，另外兩道菜，是從外面她最喜歡的餐館買回來的。

「我有時候在想，因為我年紀大，妳們知道我想贏，所以故意讓我贏。」

聽到雷珺這麼說，金太太立刻答道：

「雷奶奶，這是哪兒的話！如果您認為我喜歡讓您贏牌，那就太不了解我了。我每一局都想贏，但哪有天天走運的，無法每一次都鴻運當頭啊！」

謝太太每次都輸最多，辜太太次之。顯然，辜太太只是想以她所準備的菜來宴饗大家，娛樂大家。大多時候，金太太都是贏家，而且她和雷珺一樣，都不在乎輸贏。

這時，這四位女士好像同時被某種外力驅動一樣，一起站了起來，走向牌桌。就像士兵多年後偶然相遇一樣的感覺，在戰場上，在牌局上，除了共享一段神聖不可侵犯的時光之外，她們早就默契十足，行動一致。每個人依據自己的喜好，選個位子，開始進行她們所謂的「搬風」，這需要兩個動作，就是抓牌和擲骰子，來決定誰坐哪個位子。金太太拿四張蓋著的東南西北牌，然後擲出骰子，決定誰先拿，順序拿牌，四家決定位置。結果，決定她們座位的，一部分是靠運氣，也就是在冥冥之中，由另一種力量決定的，定出的位子後，每四圈調整一次，持續到整局結束為止。

廚房飄來令人垂涎的氣味，雷珺聞著空氣中的味道，深感滿足，這種味道無疑是來自曉瑛的家鄉四川。除了負責安排飯局的東家之外，能夠辨識出菜名，能夠說得出某道菜是用哪些食材做成的，這對牌桌上的其他三位女士來說，重要性不亞於見面時向人家請安問候。

「曉瑛，妳的水煮魚片聞起來好極了，是妳自己做的嗎？」

「不是，是請思穎幫忙做的。還有兩道菜，是從我最喜歡的餐廳買來的，妳們知道的呀，就是有一次我帶妳們去吃過的那一家館子，我認識那位廚師。」

雷珺每次打牌，剛開始都會想起她的過去，首先想到的是南京劇院的後台，當時她和蘇敏都只有十來歲，負責幫忙為玩牌的人打茶水。再來，她就想起在漢口周先生的公館，與蘇敏和周先生的兩個遠親打牌的事。然後，也會想起婚後不久，不斷地在重慶、漢口、南京與上海之間奔波的事。最後，想起在上海法租界中心地區打麻將的情形，想起她所景仰的那些太太們，她起初生貝莎，後來又生濤立的時候，都是依靠她們熱心協助，才度過來的。

謝太太是開小餐館的，她總是匆匆忙忙，急著想開始打牌，就像趕著為飢腸轆轆的顧客做菜一樣。

「得了吧，我年紀最小，比妳們小多了。如果今天我贏了，那也是應該的，雷奶奶，您說是不是？」

每星期，在客人離開之後，辜太太就會和幫傭討論，下一次再來要招待她們吃些什麼，有時候也會和女兒討論。雖然牌打得沒雷珺她們好，但她比較關心的，是吃飯的事，總想讓客人都高興愉快，賓至如歸。至於金太太，她則對雷珺和辜曉瑛所說的故事比較感興趣。

「辜阿姨，您說說，您真是在重慶出生的嗎？或者只是和大夥一樣，在戰爭時期跑去的？」

「曉梅，妳知道，我是重慶本地人，家人大多死於空襲之中，只有我和哥哥活了下來，妳們見過他的。噢……妳們每星期都聽我講這些陳年舊事。」

謝太太自然是比其他人精神多了，但是，她喜歡比這些年紀長她不只一輩的阿姨奶奶們玩牌。八十歲的金太太，是位退休教師，大家都叫她曉梅。

一整天的牌局，到了中場，大約是下午一點左右，牌友們就休息一下，移師至另一個房間，坐在一張長餐桌邊。謝太太和金太太一樣，都對雷珺的婚姻很感興趣，也對於她是在什麼機緣下接近第一夫人的事感興趣。

「雷奶奶，再說說，您是怎麼認識丁先生的？」

「好的，當時我在北京進行離婚程序，代表國民黨的三位男士之中，有一位後來成為我的先生。當然啦，那時我倆彼此並不認識，只是相互微笑，禮貌性的致意而已，之後就再也沒見過面了。我來到台北三年半之後，我們才又相見，彼此立刻就看對了眼，好像我倆一直都在等待那一刻似的。」

「好浪漫啊，雷奶奶。」

三萬

第十三章

重新開始

「快點，小姐，快上飛機。妳那口箱子可真別緻，像個櫃子，和那邊那些袋子放一堆吧，我會小心把它裝上飛機，保證不會有損傷。」

這得感謝弟弟飛凡，雷珺才能在一九四九年九月間，在重慶登上一架軍用飛機，前往台灣。這一切，都發生於毛澤東在北京宣布建立中華人民共和國之前幾個星期。飛機上的其他乘客，都是年輕的國民黨人員，有這麼一位年輕貌美的女士同機而行，他們都高興異常。在飛往台灣前的最後幾天，雷珺在得知生命中再次有機會，到某個完全陌生、相對安全，而又讓她可以擺脫自己個人的憂慮，給予她情感療傷距離的地方之後，感到心喜不已。

在北京國民黨那四位官員所主持的秘密法庭面前，正式離婚之後三年多時間裏，她在國統區到處來回奔波，探望孩子，探訪親友，都依靠兄弟們相扶持。過去八年的對日抗戰，她已經養成堅忍不拔的精神，不輸任何女性。

她與兩位弟弟討論過放下孩子，隻身到台灣去的事情。儘管她仍然感到不安，但兩位弟弟都鼓勵她接受赴台的機位。飛凡特別堅持雷珺應該離開大陸，他認為那倆孩子留在北京不走，比跟她走還要好。

「我正在為妳和超凡安排機位。他比妳早走幾個星期，我想這是最安全的，如果共產黨查出王大成更多的活動內情，說不準會發生什麼事，況且他們一定會查出來的。孩子們跟著王大成的母親和後媽一起過，這輩子比較有機會。據妳所說，王大成從德國回來之後，從來不曾對他母親，或是對後來這位妻子說過他的工作性質的事，所以不論再怎麼審查，他們都不會有事的。」

一旦確定飛凡幫她取得機位，雷珺立刻就去探望孩子，這可能是最後一次了。她想要確定，自己是否作了正確的選擇。如果有任何疑慮的話，出發當天她就會放棄到台灣去的打算。然而，最後這趟赴王大成家的行程，所得到的各種訊息，讓她了解到自己必須去台灣，因為王大成已經再娶了，而且懷了孕。她再也無所期待，無所盼望，那年代誰能有所企盼呢？她愈來愈清楚，自己該離開了。

雷珺在飛機上找位子坐下來，在腦海中，將最後一次到婆家探望孩子的情景，過了一遍。明顯看得出，王大成的新婚妻子已經懷上了，坐立不安，婆婆也緊張地扯著她身上圍兜的繫繩。雖然這可能是最後一次來看孩子了，但見到這婆媳倆在慌亂之中出來招呼，反而讓雷珺的焦躁之情減輕不少。王大成的母親先開口說話：

「孩子們在後院，傭人看著呢。大成的事兒，我們一直都沒向他們提起。去看看孩子吧，貝莎急著想見妳呢！」

雷珺花了幾個小時，在後院陪著五歲的貝莎和三歲的濤立，謹慎尋思著如何離去。她通常都能好好地控制情緒，可能是因為在十五歲時，她開始得面對父親鴉片上癮的難題而養成的自制力，或者在麻將桌上磨練而成的個性。但現在這件事，讓雷珺在孩子面前崩潰了。孩子們不知道是怎麼回事兒，也不知道這可能是最後一次見到母親了。雷珺控制住情緒之後，進屋裏來，王大成的母親出門料理其他事情去了，於是她就單獨與蘭芳談了一陣子。

「蘭芳，我現在要告訴妳的事，妳不要跟其他人說，至少得過一陣子才能說。我不會再回來了，照顧孩子的事，就托付給妳了，請將他們視為己出，像對自己的孩子一樣，照顧他們。除了探望孩子之外，我實在沒理由到這兒來了。祝妳生產順利，請好好對待貝莎和濤立這兩個孩子。」

蘭芳對人相敬如賓，她了解雷珺所說的話。然而，她自己也深受打擊，九個月前，新婚丈夫被捕，下落不明，說不定已經不在人世了。自己的孩子就快要來了，現在又被托付兩個小毛頭得照顧，這件事情，她別無選擇，只能認命。蘭芳愣愣地站著不動，啞口無言，也無法對未來已經命定的事，提出任何疑問。這時王大成的母親走進門來，正好及時接過話頭。蘭芳回過神來，回覆，請雷珺放心。

雷珺離開北京，兩星期後，一天清晨，她在重慶的空軍基地醒來，將還沒打包好的東西，放進那口像櫃子的皮箱裏，然後由飛凡陪著，前往機場。她感到一陣木然，不知道未來幾天、幾星期，一切會變得怎麼樣。她將所有疑慮拋在腦後，只知道自己必須離開大陸。

在飛機上，雷珺觀察同機那些年輕人的臉，好像專注於這些細節，能夠讓她面對不可知的未來，那份忐忑之情，得以釋懷似的。起飛前一刻，她像驚弓之鳥，想起自己十五歲離家，然後……又想起從南京的劇院乘車到漢口劉先生家……她彷彿看見王大成顫抖的手，引著她的眼神，看到放在枕頭底下的那把手槍。

在這架軍用貨機裏，她的思緒，被坐在對面的一名士兵打斷：

「嗨，小美女，怎麼不過來和我們一起坐？」

「別胡鬧了！她弟弟是位技師，幫我們修飛機，確保飛機能夠載送我們到安全的地方，你就饒了她吧！」

三小時的飛行時間裏，雷珺靜靜地坐著。然而，原本憂懼、忐忑不安的情緒，漸漸轉變為愉快的心情。而今而後，她將永遠拋開恐懼、怨懟、羞辱的束縛。父親昏沉於鴉片床上，王大成對她玩麻將的指責，老家埋在瓦礫堆下……這一切，她都拋開了。

飛凡現在是國軍空軍的一名技師。他接受訓練，畢業後，花了十年時間成為一位實至名歸的技師。一九四六年，雷珺正式離婚後，就去探望飛凡，從此就保持著緊密的聯絡。一九四八年夏天，飛凡就開始建議雷珺飛去台灣，說這樣對她比較安全。

「那我的孩子怎麼辦？」

「妳不是和王大成離婚了嗎？孩子都歸他了，所以說呀，如果妳要帶他們到台灣去，那就得綁架他們。這非常危險，而且對孩子也不是最好的。」

「我得告訴你一件事，結婚後很久，我才知道王大成是一名特務人員，為戴笠做事。我知道，你會非常小心處理這個訊息，不會跟別人講，對吧？因為你自己也是國民黨軍人啊！」

「哦，我明白了。這就有點複雜了。孩子們知道父親的事嗎？王大成的母親知道他是幹啥的嗎？」

「不知道，他不會告訴任何人的。要不是那天他老闆進了我家的門，自我介紹，我開始將所有事情點點滴滴拼湊起來，才知道王大成一直是幹什麼的。從此以後，王大成再也無法迴避我的任何問題了。」

「這樣說來，妳更應該去台灣，應該把孩子留給王大成和他母親，只要共產黨找不到妳，妳就不會在他們的逼迫下，將所知道的事情一五一十供出來，那他們就安全無虞。」

登上飛機之前，雷珺還告訴飛凡，說王大成已經再婚了，而且婚後不久，就在上海街頭被綁架了。這下子，飛凡比之前更加確定，雷珺做得對，得盡快前往台灣。

現在是早上十點鐘，天空蔚藍，起飛後一小時，軍士們開始一起揣摩著到達美麗寶島之後的情景。

「聽說我們要去的島是個樂園。」

「我可不知道什麼樂不樂園的，到時候肯定得面對一些困難，生命就是這樣，不是嗎？但是，我們也不會在那裏待太久，委員長一規劃好，我們很快就可以光復大陸了。」

「我也聽說了，那是個天堂啊！天氣暖和，水果鮮甜可口，美女眾多。我實在是天底下最幸福的人了，只是，我的家人都留在大陸，沒能夠來。」

雷珺靜靜聽著他們的對話，並不搭腔。對於士兵們所認知的台灣，與他們對抵達寶島之後的種種期待，她都極感興趣。三個星期之前，超凡已經先到了，如果一切依計行事，那麼超凡將會在新竹軍用機場接機。離開重慶之前，他向雷珺保證會為她找個安全的落腳地，至少先住一陣子，直到姊弟倆都重新安頓好為止。

三小時的飛行時間快結束時，雷珺對自己的決定已經釋懷。她與全機的軍士一起下了飛機，慢慢走到大樓來。她感覺到溫暖的空氣，聞到甜甜的微風，看見超凡站在角落，擠在一群趕來接機的人之中。

「姊，姊，這裏，在這裏。妳終於到了，歡迎來台灣。我在軍事基地外面租了一個房間，為妳準備了一張小床，實在等不及想帶妳到處看看。這地方很乾淨，食物新鮮，水果很特別、不一樣。未來幾天，如果在台北找到好地方，我們可能得去台北。現在先去提領行李吧。」

兩天之後，雷珺與超凡驅車前往台北市中心。日本政府在這裏統治了五十年時間，與雷珺在大陸所見到的地方相比，台灣不管在歷史上、人群上、飲食上、風土文化上，都不太一樣。一九四九年的最後幾個月，大部分像雷珺一樣從大陸來的外省人，都喜歡在有軍隊保護的地區，抱團聚居在一起。在這一小區，來自不同省份的街販到處做買賣，大陸各地的口音，在這兒都聽得到，到處充斥著歡樂而又紛雜的吵鬧聲。雷珺彷彿又回到了十歲那時候，在南京街上玩耍的時光，她整個人又活了起來。

到達台灣兩星期之後，搬進台北新的公寓沒幾天，一位剛認識不久的年輕軍官，邀請雷珺與超凡去參加舞會。他們三人一起出發，前往離住處幾個街口之遙的舞廳。台北涼爽的空氣，像是有魔法一般，讓雷珺顧不了矜持，她和幾位與自己年紀相仿的年輕人跳舞，也和幾位年紀大一點的跳。她和超凡離開舞廳之前，一位年紀稍微比她大一點的，斯斯文文的男子，向她走來，對她邀舞。起初，她並沒有注意他的長相，直到舞曲過了一半，才注意到。

當雷珺認出與她共舞的這位男士時，她的心臟差點停止跳動。他就是雷珺在辦理離婚手續時，在場的那位安靜內斂、一直溫柔地對著她微笑的男士，她永遠忘不了他的長相。她之所以記住這個人的長相，最初的目的，是想以後有機會再遇見時，能認出他來，向他詢問王大成的事兒，因為在離異時，她一直想知道自己的婚姻到底發生了什麼事。三年半時間已經過去了，她所遭受的痛苦也已淡去。驀然之間，這位與眾不同的男子，彷彿來自她的過去，是能夠使她的生命再次完整的一個人。他們什麼話都沒說，樂聲停止時，他知道雷珺顯然認出他是誰了，而且將他與她的往事強烈地聯想在一起，擔心這會帶給雷珺不好的回憶，他感到一陣尷尬，便轉身離去。然而，才剛走出兩步之遙，又轉過身來，說道：

「我知道你們姊弟倆住在哪裏，明天可以請您喝個茶，散散步嗎？下午三點半可以嗎？」

「哦，當然可以，我等您。」

在回住處的路上，雷珺沒有對超凡說什麼。她的心在歌唱，月色如畫，星星閃耀著重新開始的希望之光。

第二天，她告訴超凡，說自己與昨晚共舞的那位男士有約。超凡笑了起來，他知道姊姊對男人有特殊的魅力。是那位雷珺早年的仰慕者劉先生，將超凡送去南京郊外的高中就讀，成就了他的一生；讓飛凡進入空軍維修學校接受訓練的，也是劉先生。姊姊的魅力，可見一斑。

「姊，昨天晚上妳玩得盡興，我感到很高興。」

三萬

第十四章

早年時光

一九四九年從大陸移居到台灣來的兩百萬外省人，都期待有個最好的結局。他們逃離大陸的戰亂，預期來到的是個人間天堂，但只是暫時到這裏來，很快就會回到大陸，光復本來就屬於他們的地方。當時，他們大多是這樣想的。他們對台灣的看法，大部分是對的，這是座島嶼綠洲，四面被海洋保護著，遠離他們在大陸所經歷的紛紛擾擾。然而，從原來就住在島上的居民，原住民、客家人、福建來的閩南人，或從所謂整體台灣人的觀點來看，外省人的到來，除了少數之外，大多是具破壞力的。對一些台灣人來說，外省人的大量移民，實在太恐怖了。

過去七十多年來，對於一九四五年至一九五〇年這段混亂的時期，到底發生了什麼事，人們一直爭論不休。每四年一次的大選，或是每年為了紀念一九四七年發生事件的二月二十八日，這些爭論就甚囂塵上，鋪天蓋地而來。

日本向同盟國投降之後不久，蔣介石政權被賦予暫時接管台灣的責任。蔣介石任命陳儀將軍統治台灣。陳儀與蔣介石是浙江同鄉，娶日本人為妻，因此看起來像是一位忠心且嫻熟日本相關事務的合適人選。事實上，任命陳儀擔任這個職位是災難性的，而且導致約兩萬名當地人的死亡或失蹤。

二二八事件的爆發點，是因為國民黨的警察，毆打一名販售私菸又拒絕交稅的攤販。當地人聚集起來，支持那名攤販。第二天，陳儀使用警力粗暴地鎮壓為數不多的抗議人群。接著，他又秘密報告蔣介石，請他由大陸調兵遣將，前來支援。從二月二十八日起，為期三個星期，陳儀的警察，與蔣介石從大陸派來的增援部隊，在全島各地殺害民眾，其中很多人是在日本統治時期，受到良好教育的社會菁英人士。由於蔣介石的國民革命軍的協助，軍人持續系統地、粗暴地鎮壓怒火沖天的島上居民，尤其是針對那些他們認為同情前日本殖民者的人士。

儘管兩年前的這項污點，衝突也有可能再次一觸即發，雷珺與其他外省人還是覺得，台灣仍然是個相對平靜和諧的地方。打從一九四九年九月下了飛機，雙腳踏上這座島嶼，當時雷珺三十二歲，她驚訝地感覺到這地方的美麗與舒適。她已經見識過太多日本軍隊的暴力了，南京與其他城市被無情摧毀，所以剛開始時，實在無法認同以令人厭惡的軍事手段，來統治本地人，因為這讓他們不可避免地聯想到陳儀兩年前的行為。

本地人很快就有了共識，認為在日本殖民統治者的手中，他們受到的尊重與享有的自由，比在國民黨統治下還多。在未來的幾十年之中，雷珺與其他外省人都相信他們會回大陸去。他們從來不相信，國民黨事實上再也無法回去復國，台灣將是他們往後安生立命的地方了。

一九五〇年一月，蔣介石在台灣正式重新掌握中華民國的領導權，仍然繼續以惡名昭彰的陳儀將軍所留下來的軍事戒嚴狀態，統治著台灣。蔣介石採取鐵腕手段統治這座島嶼，直到他於一九七五年逝世為止，這就是所謂的「白色恐怖」時期。剛開始的十年，國民黨以強硬手段對待本地人，聲稱某些台灣人是共產黨，或是日本的同路人。蔣介石的兒子經國一直擔任特務頭子至一九六五年，他槍決那些他認為是叛亂的人，或將他們投入離島的監獄，監禁起來。現在，對於最初這十年之間所發生的種種事件，台灣人仍然熱烈爭論不休。

雷珺剛到台灣的三個月，可說是快樂無比。台北市外省人聚集的地區，雖然貧苦孤立，但大街上南腔北調，人來人往，到處洋溢著熱情。姊弟倆終於能在一個比較安全的地方說說話，將過去十五年來，家裏所發生的片片斷斷，以及相互失聯時的各種情況，都串連起來了。

對雷珺來說，台灣很快就象徵性地變成一個崇高愉悅的地方，讓她心理上得到療癒，宛若重生。雖然政府一直傳出消息，說中華民國隨時都有可能與共產黨爆發全面戰爭，但她仍然保持感激與希望。雷珺來台生活最初十年，政府與共產黨的敵對態勢一直存在。台灣方面派空軍轟炸大陸一些城市，而毛澤東的軍隊則在為攻台做準備，想要一鼓作氣，拿下台灣。然而，在某些安靜的夜晚，雷珺對自己在大陸所目睹與經歷的種種，保持相當的距離，而且愈來愈常以這樣的態度面對一切，如此一來，她又恢復了活力。

蔣介石與國民黨已經在島上站穩腳跟，對他們來說，地緣政治的考量，比與本地民眾的關係更加重要。最重要的是，對北韓近來的蠢動，美國發出了緊急的警訊。一九五〇年初，杜魯門宣布不支持蔣介石在台灣的政權，因為他認為蔣介石無能，政權腐敗，不可救藥。但是，不到一年時間，杜魯門完全改變了態度。到了一九五〇年後半年，他主要關心的事，是共產主義在全球的興起，泛而言之，就是指蘇聯和中國的興起與擴張的意圖。杜魯門突然向國民黨尋求協助，要求幫忙頂住來自於中國大陸的威脅，因為那時中國的身影，已經出現在朝鮮半島了。

當雷珺剛踏上台灣土地的時候，所有外省人都了解，他們已經不是生活在無邊無際的廣袤大地上，而是生活在風土人情完全不同的一座小島上。就像十五年前了解大陸上的種種社會現象一樣，這幾年來，她慢慢透過邊打麻將，邊與牌友閒聊嘮嗑的方式，漸漸了解這個島上的文化。最困難的是，外省人必須面對一個複雜的事實，那就是台灣本地的漢人並不歡迎他們。相反的，很多台灣人喜歡日本的文化、食物、音樂、日本酒、日語，和其他藝術。

一九五〇年六月，北韓軍隊跨越三十八度線，美軍將領認為他們必須在亞洲採取強而有力的姿態，以遏止共產主義，同時也可監控蔣介石和國民黨輕舉妄動，想要反攻中國大陸。那時候，一夕之間，大家產生一項共識，那就是蔣介石長期以來對共產主義的憎惡，他的真知灼見，令人欽佩。美國的反共新浪潮，以及朝鮮半島戰爭的暴發，改變了蔣介石的命運，可能也使台灣免於遭受共產黨毀滅。美國在亞洲需要一個前哨基地和民主精神保壘，而台灣島就是個完美的地方。中華民國需要外國的協助，而且，這外援的時間點來得正好。

剛在台北新住所安頓下來一個星期，雷珺已經開始定期與住在同一區的鄰居打起麻將來了。那年頭，牌桌上的閒聊，通常都圍繞在同樣的話題上，就是隨時準備好，要回到留在中國大陸的親友身邊。

「我們不應該樂不思蜀，國軍隨時都會打回去，光復大陸。」

「你昨天聽到廣播電台的講話了嗎？總統說：我們有犧牲奉獻的精神，我們很快就能回家了。」

在台灣的第二個月，到了月底，雷珺已經和那個內斂、低調的國民黨官員丁先生見了幾次面。雖然他們彼此吸引，但是因為個別的原因，兩人都小心翼翼，不想關係進展得太快。雷珺想確定丁先生是否是個誠實的人，而丁先生則不想太早揭露他所從事的敏感工作。

丁聿基知道她的過去，但他並沒有因此而退卻，這使雷珺感到放心。將兩個孩子留在北京的婆家，讓她時常感到痛苦不已，但她不必向他解釋，他似乎可以理解她的不安，與自我的懷疑。他已經知道她前段婚姻的種種不堪，而且似乎也了解她心中尚有怨懟與失望。

丁聿基大她兩歲，是個內斂而又沉默寡言的人。秋冬季節的中午時分，天氣涼爽宜人，他常常與雷珺在臺灣大學校園散步。這一座美麗而純樸的校園，是日本人於一九二八年設立的，本名臺北帝國大學。雷珺與丁聿基悠然徜徉漫步於校園池畔，沿著木板步道，走過青蔥草地。雷珺盡量避免提到過去的事，但當她偶爾提到與大陸有關的事情時，丁聿基就靜靜聽著。她猜想，王大成在戴笠手下做事時所從事的任務，丁聿基肯定知道得比她多。隨著日子一天天過去，她漸漸不再那麼在意以前在大陸所發生的事，而愈來愈關心目前在台灣的新生活了。

最初，雷珺比較關切的，是丁聿基從不言及自己的職業生涯，而他對她過去的種種，並不想談論，不想探詢，一直保持緘默的態度，這她比較不在意。就像王大成一樣，丁聿基不提自己的工作，因此，在第三次見面之後，雷珺就疑惑起來了。有一天，他們在校園漫步，她終於鼓起勇氣，直接問道：

「你一直都沒告訴我你是做什麼的。是不是和王大成一樣，是當特務？你知道，這樣神神叨叨的，我是無法容忍的。」

「不是，我可以向妳保證，我不是幹特務的。只是，我還沒準備好跟妳說我是做什麼的。哦……妳餓了嗎？我們找點東西吃吧。」

「等等，吃東西之前，你能不能保證，在大陸那邊，沒有老婆在等你嗎？姑且不論有沒有孩子。」

丁聿基笑了起來，好一陣子不說話。然後，他堅定地說道：

「沒有，我向妳保證，我還沒結過婚。我的家族很大，我有六個兄弟姊妹，我是老么。我成天忙著操心哥哥姊姊的事，沒太多時間想到自己。再說，妳知道，長久以來，國家一直在打仗，所以我覺得那不是組織家庭的時候。現在，我工作穩定了，時間也比較有彈性，所以就想安定下來，生兒育女。但我也擔心，說不準什麼時候，我們很快就會回大陸去。然而，我也老大不小了，未來的事永遠無法預測，所以我這願望再也不能拖延了。」

丁先生把該說的話都說了，不該說的也說了，而且說得正是時候。雷珺默默聽著，這是她想聽到的話，這樣就可以安心了。原來他不是幹特務的，也沒結過婚，而且對目前的工作自信滿滿。

「好吧，我們吃點東西去。」

一九五〇年年底前，雷珺與丁聿基持續穩定地交往，而宋美齡也在適應台灣的生活，重新找到自己在政府中扮演的新角色。一九四八年十一月離開中國大陸之後，她與蔣介石的婚姻也進入了一個新階段。在離開的那一刻，宋美齡心力交瘁，她病了，心情沮喪難過，決定到美國住一陣子。對國民黨來說，一九四九年是最難熬的一年，而宋美齡卻在紐約北邊哈德遜河畔姊姊家中，安然靜養。

目睹中國人在一場場慘烈的戰役中自相殘殺，宋美齡身心遭受重創。對國共內戰的憂慮之外，還存在家庭分裂的新問題。在政治上，她與宋慶齡一直處於對立面，然而在過去二十年間，姊妹倆還維持著親密的關係。孫中山先生於一九二五年逝世之後，儘管國民黨與共產黨分道揚鑣，宋美齡整個家族，兩姊妹三兄弟，大致上還能團結一致，互相扶持。現在一切都變了，蔣介石與兒子蔣經國禁止孔宋家族成員到台灣來，而且蔣介石早已和宋慶齡公然決裂了。

一九四九年，宋美齡在美國，免於遭受中國大地上混亂局面的干擾，蔣介石開始依靠兒子經國，徵詢他的意見，尋求家人的支持。蔣經國受命查辦貪腐，決定拿宋美齡的家族成員開刀，以儆效尤。這所謂孔宋集團，代表人物是宋藹齡、孔祥熙，和他們的兒子孔令侃。蔣經國的調查報告提高了自己的地位，卻壓制了繼母宋美齡的地位，因為她一直非常忠於姊姊的家族，所以，打擊孔家就是間接打擊宋美齡。蔣經國成功挑戰宋美齡之前在國民政府中的地位，所以一到台灣，蔣介石就任命蔣經國為特務頭子，而同時，宋美齡在國民黨內卻威信大失。

一九五〇年，宋美齡到台灣之前，就已經體驗名流地位急劇隕落的滋味了。一九三七年，她曾經被生活雜誌稱為「世界上最有權勢的女人」，並且在一九四三年受到羅斯福總統邀請，入住白宮總統官邸三個星期，在那兒準備對參眾兩院的演講。而僅僅在五年之後，一九四八年，以前曾經支持過她的世界各地人士，卻對她大加撻伐，指責她包庇貪腐家族與政權。於是，她從蔣介石戰爭時期的伴侶與親信的地位退隱下來，決定自我隔離，自我放逐。一九四九年，蔣介石曾經再三敦促她回國，共赴國難，但她都以自己仍然需要靜養，仍然需要持續在紐約看病為由，拒絕回國。

杜魯門正式宣布不再支持蔣介石在台灣的政權，三天之後，一九五〇年一月十日，宋美齡終於決定離開美國，回到丈夫身邊，只是這次是在台灣。美國政府不再像過去十年對她那樣禮遇，這一次，宋美齡自己買航空公司的機票回國。

在台灣，宋美齡的身分是蔣介石的忠貞妻子，是在台灣重新建立的中華民國的國母，以這樣的角色，她站穩了腳跟。同時，雷珺與丁聿基也沐浴於愛河之中。一九五〇年底，他們已經從小心翼翼交往的階段，破繭而出，逐漸準備好要將他們相互愛慕的事，公諸大眾，讓親友們知道。十一月某一天的午餐時間，他們在臺灣大學校園散步，出乎意料之外，丁先生突然向雷珺求婚，他緩慢但清晰地說道：

「我是內向又單純的人，不會說話……雷珺，妳能嫁給我嗎？能和妳這樣美麗又賢慧能幹的人度過一生，我會感到很榮幸。」

雷珺嚇了一跳，但心裏倒是覺得很受用，她拉著丁聿基的手，然後緊緊的抱著他。

「我當然想嫁給你，但我還不知道你是做什麼的，不知道你住在哪兒呢！」

「哦，我現在可以把一切都告訴妳，因為我們很快就是一家人了。我是宋美齡夫人的私人機要秘書，住在士林官邸附近。我白天大部分時間都在政府辦公室工作，然後，下午她開始辦公，我就去官邸，向她報告事情。她常常工作到深夜。」

雷珺當場愣住了，無法相信這件事。在她心裏，她彷彿還活在一九二七年的南京，和姊姊在自家雜貨店裏，四處亂跑，模仿著宋美齡說英語的腔調：「親愛的，我能幫你什麼忙嗎？」

「妳還好吧？妳……還願意嫁給我嗎？」

雷珺開始啜泣起來，這是生平第二次，只是，這次流淌的，是快樂的眼淚。她萬萬沒想到，壓根兒都沒想過，自己會嫁給一個宋美齡的圈內人。打從十一歲起，她就一直很景仰宋美齡。現在，她腦海裏轟轟作響，但是，正如以往面對紛亂場合的反應，安定下來，重新保持鎮靜，回答說：

「我當然願意。」

一九五〇年十一月，在雙方個別兄弟的見證下，雷珺與丁聿基登記公證結婚。丁聿基家到場的是他的大哥，比他年長十二歲，過去二十年來，一直是他們家的家長。雷珺家的代表則是小弟超凡，也是她在台灣這一年來最親密的伙伴。雷珺穿著一件簡單優雅的白色旗袍，而丁聿基穿的是幾天前剛剛量身訂做、剪裁合身的西裝。他們倆站在台北市一位行政人員面前，回答了幾個問題，就算是完婚了。這位官員也是剛從中國大陸來到這島上的。儀式雖然簡單隆重，但那小小的公證處，卻掩不住喜慶的氣氛。

雷珺眉開眼笑，深深吸了一口冬季清涼的空氣，深情凝視著丈夫，她看到的是一位年紀比她稍大、經驗豐富、行為端正，稟性實誠的男人。她回想起曾經在南京劇院宿舍裏和蘇敏的一段對話：

「蘇敏，我想嫁給一個像我爸爸以前那樣的人……一個穩重、讓人信賴、有一份好工作，而又想成家的人。他必須了解我在他生命中有多重要，了解我多麼與眾不同。」

「哈！雷珺，妳是浪漫主義者。希望妳不要嘲笑我，但是我不相信妳這種童話故事。我只想要個既慷慨又懂得照顧我的人，其他我就別無所求了。」

婚姻公證處是由一幢舊日式建築改造而成的。雷珺、丁聿基、雙方兩位兄弟當見證人，含政府官員，一共五個人，一起聚集在講台邊，然後兩位新人在公文紙上簽字。丁聿基開懷地對著兄長笑了一下，然後又對他那位身材高挑、聰慧、善良而又美麗的新娘子笑了笑。年屆三十五，見識過同儕們形形色色的男女關係與姻緣，他對女人和婚姻，已經沒有不切實際的幻想。雷珺則是一位可以信賴，個性獨立，久經事故的人，萬一家中遭遇任何狀況，她都處理得來。

結婚儀式如同例行公事，在形式上完成之後，丁聿基的司機開車，將這對新人送到宋美齡位於士林的官邸，接受她的祝福。宋美齡向這對新人表達支持，並特別仔細地看了雷珺一回。宋美齡非常關心並且袒護丁聿基，提醒雷珺不能欺負他。她還提醒他們倆說：對她而言，這些日子以來，沒有人比丁聿基更重要了，就是提醒他們不要因為新婚燕爾，而耽誤了公事。聽到宋美齡的話，雷珺處之泰然，不以為忤。接著，宋美齡親切地送這對新人走出寓所，雷珺容光煥發，滿心歡喜，不論宋美齡說什麼話，她都頻頻點頭，表示遵從。

雷珺和丁聿基走遠了，快到他們的黑色轎車等候的地方，宋美齡聽不到他們的說話聲，雷珺就問：

「你說她知不知道我喜歡打麻將啊？如果她發現了，會不會懲罰你呀？」

「我不擔心這個。她確實曾經公開批評過打麻將的人。但是，我確定，只要我們不批評她抽菸的話，她不會說什麼的。我們都知道她喜歡抽薄荷菸。」

他笑著說完，用手摟著雷珺。

三萬

第十五章

回家路上（台北）

「曉瑛，謝謝妳又招待我們這麼棒的午飯。」
「雷奶奶，您又贏了。都一百零三歲了，還能贏錢呢！」
「我沒贏那麼多。老樣子，金太太贏最多。但至少我可以跟女兒安琪說我沒有輸，但也不算是贏啦。總之，現在我有私房錢，這個週末可以帶他們出去吃館子了。曉瑛，妳確定可以和妳孫女走路送我回家嗎？妳如果忙的話，我可以乘計程車回去。」
「您說什麼呢！我也需要出門走一走，動一動。您知道，我常常和我女兒或孫女散步到您住的地方附近……謝太太、金太太，下星期一見，是吧？我們稍微休息休息，下次再玩。」
「曉瑛，謝謝妳的招待，下星期一見。」
台北的傍晚時分，太陽已經西偏，不用遮陽了，雷珺把傘當拐杖用。雷珺與最要好的朋友辜曉瑛，和她二十歲的孫女，循著上午走來的路往回走，回女兒女婿家。現在大約六點，這附近地區給人一種不一樣的感覺。街上似乎更繁忙了，但在人群中，似乎又有一種輕快之感，整個地區，彷彿如釋重負一般，舒了一口氣，似乎在說：一天又過了。星期五晚上的活動，隱含著不可預知的事物，人們一派愉快歡樂，輕鬆交遊，甚至還可能有豔遇。

「雷奶奶，聽媽媽和奶奶說，您的一生，比她們所認識的任何人都精彩，我對您以前做過的、經歷過的事情，一直很感興趣。您一百零三歲了，一定感到很滿足吧？」

雷珺只是聽著辜太太孫女的問題，沉默不語，並不回答。太陽西沉，周遭的年輕人熱鬧哄哄，興致勃勃地展開夜生活。她們兩老一少三人，走了一整段路，都沒有講話。

「雷奶奶，週末您想帶他們去哪兒吃飯呀？」

「還不知道呢，曉珺，安琪去加拿大探望孩子，快回來了，說不定她知道去哪兒好呢，等她回來，我問問她想去哪兒吃飯。」

「雷奶奶，您經歷過戰爭嗎？」

雷珺可能沒聽到，或是不準備回答。她們三人又繼續走了一段路，對街傳來一聲叫賣聲，打破了沉默。雷珺幾乎每天都在這一帶走動，但從來沒有注意到這個賣烤栗子的小販，她仔細端詳他的臉，想從臉上看出他是哪兒人，這是外省人長久以來一種不自覺的習慣，想從別人的長相，了解這人是本地人，還是從哪一省來的，這可能是移居他鄉的人思念故土的一種反應吧。

「雷奶奶，您認識蔣總統和宋美齡夫人，那是什麼感覺啊？」

這一次，雷珺終於回應了朋友孫女的一再追問：

「孩子，我盡量回答妳的問題，盡量回答。我這一生過得很辛苦啊！希望妳好好過一輩子，要過得比我好。」

「您可以給我一點建議嗎？」

「我的建議，就是把注意力放在像麻將這一類的小事情上面，人沒有辦法控制周遭的混亂局面，在困難時期，我們所能做的，最多只是保持警覺，保持清醒，不要過慮。」

曉瑛輕輕地捏了一下她孫女的手，暗示她不要再問了。

現在已經將近六點半了，她們漫步到強哥和安琪住家大樓門口。那位門房是河南人，但他生於台灣，他知道雷珺常常去打牌，就咧嘴笑著向雷珺打招呼。

「您回來啦！今天牌打得怎麼樣啊？」

「嗯，回來了。還行，小贏了一點。」

「再見，雷奶奶。我們星期一見。」

「嗯，星期一見。」

道別後，辜曉瑛與孫女轉身，朝來時路往回走。這時強哥從另一個方向朝雷珺走來，手裏提著幾道菜，是從公司附近買回來的。

「媽，我希望您今天贏錢了，這樣就可以帶大家去吃館子，這是您答應的。不過，以防萬一，我還是帶了幾道菜回來。」

「哦，我贏了呀，但是贏得沒預期的多。我們可以吃你買回來的菜啊，明天晚上，安琪回來之後，我再帶你們出去吃飯。」

「媽，我一整天都在想劉先生的事兒，我還有一些問題想問您。」

「強哥，今天就算了吧。一想到那時候的事兒，我就心煩。不管他了，今晚我寧可看看影片。」

他們一起搭電梯到十樓。進了家門，擺好飯菜，強哥和他那一百零三歲，還經常打麻將的丈母娘，坐在飯桌前面，一起享用晚餐。

三萬

後記

超凡

五個兄弟姊妹中最年幼的一個，住在台北雷珺及其家人附近，超過一甲子時間，於二〇一九年去世，享年九十八歲。據說是位富有的人，一生對姊姊充滿敬愛。

王大成

被共產黨釋放之後，他立刻與家人飛到香港，找了一間小小的公寓，住了下來。不久，他將三個孩子丟給第二任妻子蘭芳照顧。一九五〇年代後期，他拋棄在香港的家庭，前往德國，繼續完成二十年前未完成的法律學位。一九七〇年代早期，他兒子濤立去德國探望他，曾經看見父親的學位證書裝在框子裏，掛在臥室牆上。他於一九七五年死於德國，享年六十三歲。

蘭芳

王大成的第二任妻子，於一九四九年九月生了一個女兒。她是個不快樂又不情不願的母親兼繼母。逃到香港不久，王大成離開她，讓她獨自照顧三個小孩。一九五四年，她遺棄孩子，由長女貝莎照顧同母弟弟濤立，與繼母所生的妹妹咪咪。當年貝莎只有十一歲，就得負起照顧自己和弟妹的責任。儘管童年坎坷，咪咪長大之後，成為英國廣播公司的播報員。

永凡

雷珺的大哥，五個兄弟姊妹中排行最長。一九三七年初，他協助母親賣掉家產，然後明智地將錢轉投資於重慶的一家小戲院，並且在往後的十六年中，一直與所有家人保持聯繫。一九五三年初，他寄錢給雷昭，讓她能夠暗地裏帶著兒子與父母，由南京經香港轉往台灣。寄錢給雷昭之後，永凡從此斷了音訊，可能終老於重慶。

雷昭

雷珺的姊姊，排行第二。一九五三年，她接到當時住在重慶的哥哥永凡寄來的錢。她丈夫在廣州突然死亡，於是她就離開夫家，帶著十八歲的兒子，北上南京，與遷回老家的父母重新取得聯繫。用永凡寄來的錢作為旅費，他們四人設法南下，越過邊界，進入香港，再從香港搭船前往台灣。一到台北，她們就住在雷珺與丁聿基家裏，而雷昭已成年的兒子決定在外獨居。在往後三十年中，雷昭成為雷珺家的重要一員，協助打理家務，以及照顧雷珺的三個小孩。

雷珺的父母

一九五三年夏天，雷昭與十八歲的兒子在南京老家附近，找到父母。四個人由剛喪偶的雷昭帶領，輾轉南下，經香港，於當年十二月抵達台灣。雷珺的父親已經戒掉鴉片煙癮，但因長期吸食鴉片，身心狀況呈現退化狀態，於一年半後過世，半年之後，一九五五年年底，雷珺的母親也去世。

丁聿基的大哥

丁聿基的大哥是一位職業外交官，在國民黨的外交體系中官至高位，世界第二次大戰後不久，出使美洲。他精通中文與英語，在國民黨內備受尊敬。他將丁聿基與另外一位弟弟引介給蔣介石與宋美齡，後來兩人都長期在這對知名人物手下做事。由於某種未知的原因，丁聿基的大哥不再受蔣宋二位的信任，因而去職，最後的二十個年頭，他一直住在雷珺家裏，心情沮喪，天天呆坐不語，於二〇〇〇年去世。

丁聿基

丁聿基是一位內斂，做事認真，而又忠實的丈夫，深受妻兒與長官的愛戴，於一九九〇年死於台北寓所，享年七十八歲。

劉先生

劉先生於一九三八年五月底，於武漢遭受日本皇軍攻擊前，舉家從漢口與國民黨遷移至重慶。這些年來，他一直對雷珺深情不墜。於一九四九年後，搬遷到台灣，當雷珺與丁聿基結婚，進入第一夫人宋美齡的交際圈之後，據傳劉先生寫了一本有關雷珺的傳記，但迄今未被發現。

蘇敏

日軍於一九三八年到達武漢前幾個星期，蘇敏與周先生全家搬遷到重慶。幾年後，雷珺在重慶見過她一面，但從此失去聯絡。

貝莎與濤立

貝莎和弟弟濤立目前還住在香港。貝莎任職於一家德國內衣公司，擔任亞洲區行銷長，在四十年的職業生涯中，表現傑出。雖然被母親、父親與繼母一而再、再而三的遺棄，她卻養成鋼鐵般的個性，但仍然對弟弟濤立友愛有加，手足情深。目前七十五歲的貝莎，仍然每天打網球，是她們網球團體中的好手，球技甚至更勝年輕人。

雷珺

雷珺最年幼的孩子安琪於一九五八年出生。當時，她在台北的家，已經變成她和她先生雙方家人的聚集地了。她廚藝精湛，與雷昭姊妹倆，每天晚上都得以美食與雙方的家人共餐。除了安琪之外，雷珺與丁聿基還生了兩個兒子，大兒子生於一九五四年，小兒子生於一九五六年。除了廚房之外，雷珺其他的時間大部分都在麻將桌上度過。她丈夫丁聿基收入頗豐，還有政府津貼，例如提供司機和保全等等。由於丈夫的愛與支持，她有一種溫暖和藹、幽默大方、和善待人的氣質。一九六六年，她與大女兒貝莎和大兒子濤立取得聯繫，他們終於從香港飛來台灣，與她團聚。雷珺的原生家庭中，唯一沒有來到台灣的就是大哥永凡，他們在一九五三年與他失去聯絡。二〇二〇年二月，一百零三歲的雷珺仍然住在台北市，一星期打好幾回麻將。她社交生活多彩多姿，儘管家人也都給予支持，但大多日子裏，雷珺仍然說，她活得非常辛苦。

三萬